Jis vonwetering

Robert van Gulik

张凌 译

高罗佩：其人其书

Janwillem van de Wetering

〔荷兰〕扬威廉·范德魏特灵 著

J.S.

His Life, His Work

上海译文出版社

Janwillem van de Wetering
ROBERT VAN GULIK：HIS LIFE，HIS WORK
Copyright 1987 by Janwillem van de Wetering
Published by arrangement with Ann Rittenberg Literary Agency Inc.，
through The Grayhawk Agency Ltd.
Simplified Chinese edition copyright：
2023 SHANGHAI TRANSLATION PUBLISHING HOUSE（STPH）
All rights reserved.

图字：09‐2021‐780 号

图书在版编目(CIP)数据

　高罗佩：其人其书/(荷)扬威廉·范德魏特灵著；
张凌译.—上海：上海译文出版社,2023.10
　书名原文：Robert van Gulik：His Life，His Work
　ISBN 978‐7‐5327‐9196‐5

　Ⅰ.①高…　Ⅱ.①扬…　②张…　Ⅲ.①传记文学－荷
兰－现代　Ⅳ.①I563.55

　中国国家版本馆 CIP 数据核字(2023)第 161234 号

高罗佩：其人其书

[荷兰]扬威廉·范德魏特灵　著　张凌　译　封面及扉页图/Joe Servello
责任编辑/顾真　装帧设计/张志全工作室

上海译文出版社有限公司出版、发行
网址：www.yiwen.com.cn
201101　上海市闵行区号景路 159 弄 B 座
常熟市文化印刷有限公司印刷

开本 889×1194　1/32　印张 5.5　插页 3　字数 69,000
2023 年 10 月第 1 版　2023 年 10 月第 1 次印刷
印数：0,001—5,000 册

ISBN 978‐7‐5327‐9196‐5/I·5725
定价：56.00 元

荷兰大使高罗佩

献给乔·布鲁米特（Joe Brumit）

目　录

高罗佩：其人其书

中译本序言

1998 年，我曾为此书的英文本写过导言，事隔多年之后，由于机缘巧合，居然又为此书的中译本作序，实在是一段可遇而不可求的奇妙经历。

大约两年前，我与高罗佩先生的幼子托马斯·范古利克（Thomas van Gulik）通信时，曾经慨叹高罗佩创作的狄公案系列小说的中译本不尽人意。过不多久，托马斯告诉我又出现了一个新译本，译者名叫张凌。于是我从亚马逊网站上订购了几册，看过之后，心中的憾意立时烟消云散。我和张凌很快建立起联系，时常交流，至今不辍。

后来，我得知她已将扬威廉·范德魏特灵所著的高罗佩传记译成了中文。在我看来，这是一个非常大胆的举动，因为翻译一本主题晦涩、文笔讥诮、很难驾驭的作品，完全不同于翻译一套参照中国传统公案小说而写成的系列侦探故事。在过去的几个月里，我们一直合作修订中文译稿，力图使其更趋完善。

我最早看到这本传记，是在 1987 年首次限量发行的时候，读罢非常喜爱。当时我刚刚开始收集高罗佩写的狄公案小说初版，因此经常光顾洛杉矶的大小书市。有一次，扬威廉·范德魏特灵本人出现在书展现场，我就主动上前与他攀谈，从此结识了这位荷兰作家。过后他请求我给 Soho 出版社写一封信，提议推出此书的平装本，我便依言而行，结果十分令人满意，出版社采纳了这一意见，于是扬威廉再度请我为英文新版撰写导言。最近由于修订中译稿，我又细细通读过此书，愈发增添了几分赞赏之情。

扬威廉一生深研禅宗佛学，在这本传记中，他采用一种极其独特的视角来解析高罗佩的内心世界，相信张凌的中译本将会有助于读者更加了解与欣赏这位旷世奇才。

尹佩雄

美国加州阿拉米达

2022 年 1 月

1998 年英文修订版导言

高罗佩爱看的中文小说就是我小时候（1950 年代早期）在香港新界看过的中国传统小说。《三国演义》《水浒传》《七侠五义》是我那一代男孩子都很熟悉的书，当地上演的戏剧和连环画里都有书里的故事，其中的英雄人物也出现在我们热心收集的"公仔纸"上。通过看这些书，我们认识了古代的衙门，头戴乌纱帽的县令及其随从，还有我们在游戏中扮演无畏的绿林兄弟与痛恨狗官的丐帮成员的模范。

高罗佩住过的中国也是我童年所熟悉的正在改变的中国。香港新界仍有农夫耕种的绿油油的菜田，我们在天然水洞里游泳并徒手捉虾，水牛、农夫、寺庙、和尚、竹林都是日常所见。这些传统中国的景色，反映在学校依然教授的诗词里。社会上仍有封建残余，偶尔会见到裹小脚的老太太，有几个同学的妈妈是妾侍。我们聚精会神地听爱讲故事的长辈讲述《聊斋志异》里的鬼故事。过节后从城市走回家时，我们还要把看路的灯笼吹熄，大讲鬼故事来互相吓唬。那时的书本里都有许多爱国故事，教育中很注重培养我们的道德观与正义感。我也经历过很中国式的情景，比如有一天晚上，当我已经沉睡后，被邻居尼姑们吵醒，迷迷糊糊地跟着她们去看十年开一次的昙花，至今我依然记得那股芳香。

那也是一个短暂易逝的年代。战后抵达香港的人们还没有决定下一步应该怎么办。有人搬去台湾，有人转回大陆，有人几经变迁后才终于定居。我有几位老师经历过战争的创伤。偶尔还会看到疯子在狂叫，头发凌乱，手舞菜刀。

我十一岁时，全家移民到美国。从此以后，那曾经令我深受影响的文化就逐渐淡出了我的生活。

1970年代后期，我看到了一本高罗佩写的狄公案小说。通过浅显平易的英文，所有关于中国的个人经历和阅读记忆全都被再次唤醒。书中有"鄙人"这样的中国旧式称谓，有马荣乔泰喜爱的葱油饼和大碗白酒等食物，也有儒家传统文学中的恶人——为非作歹的酒肉和尚。其中的案件不但遵循中国传统小说的形式，而且显示出作者对于中国封建社会的敏锐感知，这一点尤其体现在几部早期作品中，例如《铁钉案》里狄公与郭夫人之间微妙而复杂的情感，《铜钟案》里持续了将近三十年的冷酷无情的家族仇杀，《迷宫案》里鹤衣先生精心烹茶的过程。这些谜案将我们带回到以往的时空，相对于狄公所处的时代而言，他所采取的惩恶扬善的方式也是十分完备的。

我很快便被狄公案系列小说深深吸引，欲罢不能，并因此回忆起许多几乎遗忘的事情。据我想来，对于从未受过中国文化影响的读者来说，这一系列作品同样具有吸引力。它们令人信服地展示出一个业已逝去的世界，或者至少是已被湮没的世界，并成功地采用了一种通俗大众的、易于接受的方式。

一旦受到吸引，我对此书的作者也产生了浓厚的兴趣。通过阅读唐纳德·拉赫（Donald F. Lach）在一些早期版本中所写的导言，我了解到高罗佩一生致力于汉学研究。大约十年前，我购入一册扬威廉·范德魏特灵所著的高罗佩传记的早期版本，从中得知高罗佩与日本的关联，还有他对禅宗与道教的深入研究。这位学识渊博的人物生于荷兰，幸运地有这样一位传记作者，因为扬威廉·范德魏特灵同样生于荷兰，对于东方文化与宗教也颇有共鸣，同时也是一位享有世界声誉的侦探小说家。他创作的系列小说向能够领会的读者展示出一种哲学，这种哲学不仅引导着书中主角的生活，并且为他们提供了破解疑案的方法。

高罗佩创作的狄公案系列小说为无数读者提供了许多知识与乐趣。其追随者扬威廉·范德魏特灵为他写出了这本传记。能够应邀为此书撰写导言，令我深感荣幸。

尹佩雄

美国加州格兰代尔

一

记住

记住

是为了再次忘却

不去记住

就不必非得忘却

这是一首日本诗歌,由高罗佩博士翻译,他因为创作了十六部以中国传奇县令狄公为主角的侦探小说而闻名于世。

这位罗伯特·范古利克(Robert van Gulik,1910—1967)是一个极其特别的人物。我与他素未谋面,因此谈不上记得,但是对他知之甚详。

我从未见过他,全是由于我自己的过错。虽然我们生活在同一个国家、同一个时代,但是我刻意避免与一位自己热爱的作家会面。读者很容易假想出一个会写作的神，从而将一个凡人提升至崇高的地位。与本人见面可能会引起心理上的落差和失望的痛苦，想象的面纱被撕去后，将再次显露出现实的严酷。但是，谁能说想象中就不存在现实呢？在我的神坛上摆着一个相框，照片中的高罗佩博士透过一副小小的圆眼镜注视着我，表情颇为严肃。他的领带和衬衣鼓起，看去不太舒适——嘴唇与下颏之间的皱纹紧绷。他并不快乐，当时认识他的人们知道为何如此。有太多需要处理的公务和需要出席的仪式，占用了他太多的私人时间。他是荷兰驻日本大使，虽然这一任命使他达到了职业生涯的顶峰，但是在面对秘书每天送来的日程表时，仍是难以保持心平气和。

"先生。"

"嗯。"

"阁下。"

"嗯，嗯。"

"阁下，今天将有一个招待会，就在下午。"

"哦。"

"招待会之前有公务午餐。"

"哦，好。"

"今晚还有一场公务晚宴。"

高罗佩：其人其书

"好。"

"大约一小时后，要预检轮船运来的荷兰出口奶酪，您的豪华轿车正等在外面。"

"好的，好的，**好的**。"

就在此时此地，现实与梦想再次对峙。

关于这一天，高罗佩另有打算。他想走出门去，逛一逛东京的小巷，仔细品鉴价格公道的古董，观赏这座世界上人口最多、最为光怪陆离的首都的本地风光。他曾经研究过西藏的马头明王，难道是为了预检奶酪吗？

他想要观看优雅的艺妓穿着木屐走过时轻盈的步态。

秘书深知他多么痛恨梦想的时常破灭，但是又不得不继续下去，提醒这位大使还有许多公务需要办理。

就在那时，狄公案系列侦探小说已经天下闻名，热心的读者追逐着高罗佩，想要表达一片景仰之情，并提出一连串问题。我有一个朋友曾经想方设法突破了大使馆的层层防护，与高罗佩一起在荷兰驻日外交官豪宅旁的花园庭院中散步。他们一同欣赏高罗佩豢养的长臂猿在晚间发出的吟啸，这是一种来自中国的灵长类动物，轻灵敏捷，彬彬有礼。高罗佩用浑厚有力的男中音跟随它们一起合唱，还弹奏了中国的七弦古琴，并向客人展示收藏的艺术品，不过并未回答此君提出的上百个问题。

　　我见过一位先生，曾是高罗佩昔日的下属。当时高罗佩回国在海牙短期任职，主管荷兰外交部的中东与非洲国家事务，或许因为局势平稳、变化无多，工作尚且清闲。他的日常安排如下：每天早上九点钟准时出现在外交部，"查阅"邮件（拿起来再放下?），接着口述答复，不喝咖啡就出门而去，走到车站，坐上火车，阅读二十分钟有关"旁门左道"的汉语文章（他专攻这些方面，远离"中心传统"，远离中国历史与社会的重大问题，同时刻意回避哲学）。他在莱顿下车，一直走到莱顿大学，方才喝下一杯上午的咖啡，感觉精力充沛，随即埋首研读巨著，在图书馆里查阅资料，浏览艺术收藏品，做记录时的字迹书法必须完美无瑕。下午四点，他准时返回办公室，签署早上口述过的信件，听取关于国际形势的简要汇报（越简要越好，他总是对同事们说，在中国古诗里，没有一个字是多余的），正如汤姆·罗宾斯❶最近所指出的，形势总是令人绝望。过后他下班回家，在家中的书桌上，在书房和收藏室内，还有更多工作等待着他。他撰写学术论文和半虚构的小说，并为之绘制插图，在停下稍歇时，也会处

---

❶ Tom Robbins，美国小说家，最畅销的作品是《连环喜剧》。

理各种其他事务。

在荷兰政府指派给他的官宅里，取暖是一个问题。地下室里的几只老式火炉脾气古怪、喜怒无常。他仔细分析研究它们的脾性，满怀爱意地加以悉心照料，亲自挥锹为每只炉子添入最佳混比的煤炭。他常对家人说，从事重体力劳动可以放松头脑。他不需要很多睡眠，因此晚间的大部分时间都消磨在书房里，用汉语写文章，练习阿拉伯语和梵文，为狄公案小说设计情节，绘制明代风格的裸女图。休息几个钟头之后，他早起沐浴剃须，做好自己的早饭，然后出门上班。

他并非全职隐士，需要为家中的妻子和三儿一女花费不少时间。他还与猿猴交谈，家中有客来访时，这几只猿猴常会突然出现，给客人一个惊吓。他甚至还有社交活动，举办高雅的晚餐会，用中国菜招待宾客。高夫人是一位中国女士，其父曾是一名中国外交官，后来做过天津市市长。第二次世界大战期间，他二人在重庆相遇，当时她正在荷兰使馆里工作。

晚餐结束后，他陪着男宾走进书房，在透亮的杯中倒入干邑白兰地，取出高级雪茄分发给众人，讲几个笑话活跃气氛，然后开始介绍当晚最重要的娱乐项目，即精心预备的色情收藏品展示会。其中有木版画和绘画，用于吟诵的艳情诗，雕刻极其精致的象牙套蛋。他还喜欢看电影。儿童都喜欢去电影院，高家的孩子们也不例外，在这方面他是个理想父亲，常会为了看一部好片子而不惜跑远路，甚至也可以是为了看一部坏片子，因为"坏只是好的反面"。这些拙劣之作有助于让他领会如何避免蹈其覆辙。

他喜爱旅行——不只是跨国远途旅行，也包括在一个名胜之地走走看看。一位领事馆工作人员对我谈到他在马来西亚的名声。办公室里不见他的人影，他的上司因此十分恼火，大声咆哮道："他去哪里了？"但是没人知道。当过后被问起此事时，他低声答道："去长长见识，先生。"然后就开始长篇大论地述说对当地一无所知的外交人员是多么无用，不会说当地语言，也不了解当地文化。他还拍着上司的办公桌大声说道："如果我们只坐在这里接电话，怎么指望能为荷兰的利益服务呢？"

"但是他究竟出去干什么？"我问道。

此人也不清楚，想了一想答道："或许是寻欢作乐吧。范古利克先生曾经对性事很有兴趣，还写过这方面的学术论文。"

我追问细节，但是没有什么收获。众所周知他总是独自外出，坐在当地饭馆里品尝当地风味，聆听说书人讲故事，浏览小店和货摊上的降价促销品。

"同事们对这种行为有些不满，但是不能阻止他。在升至高位之前，他早就是个重要人物了。没人会找这位学者的麻烦。"

高罗佩博士当然是个学者，曾经深刻地了解他去过的每一个国家。由于具有非凡的语言分析能力与发音天赋（尽管总是夹杂着荷兰口音），他可以迅速破解新密码，掌握通向过去与当前文化的门径。他具有多方面的好奇心，总会立即研究当地法律（在莱顿大学时，殖民地法律曾是他学习的科目之一）。他还尝试当地乐器，在中国开始弹奏七弦古琴。他对各类野生动物也十分注意，如果有猿猴在周围出没，一定会去看看。他的最后一部专著《长臂猿考》之所以引人入胜，其中自有原因，后文将会详述。

高罗佩极富魅力的个性、仪表堂堂的外形与学习语言的惊人天赋，使他每到一处都声名卓著，但是他之所以能够享誉世界，则是得力于狄公案系列小说的出版。作为最受欢迎的中国古代探案小说的作者，他的作品拥有十几个国家的数百万读者，其中也包括我本人在内。当时❶我正在日本一座禅寺落满灰尘的密室里度日如年。在修行过

---

❶ 指 1958 年。——原注

程中，禅师不鼓励学生读书，甚至不解答日常问题。每天静坐若干小时令我深感无聊，我也不喜欢在思维迟钝时通过挨打来提神醒脑，吃的食物亦是乏善可陈。我逃进藏书室（后来发现此处只向修为颇高的弟子们开放），无意中发现了高罗佩翻译的英文本《狄公案》，原作是一部中国古代公案小说，讲述唐代著名县令狄仁杰破获的几桩案件。

高罗佩巧妙的教育方式对我极有助益——他真正解释了一些发生过的现象。禅宗在中国古代曾经十分盛行，在现代日本也是一样——狄公并不是佛教徒，而是一个具有开明思想的儒家弟子——儒教与佛教并不如我所想的那般对立，道教在东方思想中与二者皆有联系——从高罗佩的全部作品中，我清楚地看到了这些，他的探索精神也帮助我理解了自己的尝试将会把我引向何处。

作为学识渊博的汉学家，这一身份对他后来撰写畅销侦探小说有何影响呢？

他喜爱这种转变，把自己看作是一个不断实践的艺术家，并想获得同行的接受。当时有一位荷兰作家阿布·菲瑟（Ab Visser），此君的作品尚未被译成外文。他后来对我说道，高罗佩使他既感到畏惧，又感到恼怒。高罗佩对阿布·菲瑟一向很看重，要求建立一种无拘无束的友谊，但是自己常在国外，回荷兰只是暂住一时。"一位驻外大使，你能想得出吗？坐在豪华轿车里的家伙，有身穿制服的司机负责开车。他会说中国话，还带我去那些餐馆，简直无法想象。"许多荷兰人都吃中餐，但是高罗佩带着作家朋友前往高级的去处，他会把老板叫到餐桌前，用中文讨论菜单。阿布·菲瑟知道炒饭和炒面，或许上面还撒着一些蔬菜，但是那里还有光滑油亮、被剔骨切成片片的烤鸭，还有不知从哪条河里捞上来的蟹腿，还有八十度的中国白酒，辣得人嘴皮都掉了。"并且价格昂贵，一顿饭会吃掉我一年的版税，我不能让他付钱，当然就是做给他看看而已。"

另有一位荷兰侦探小说家皮姆·霍夫道普（Pim Hofdorp），当我问起高罗佩时，他只是耸耸肩头，拿出一本稀有的《狄公案》初版，正是高罗佩从中文译成英文、二战结束后在日本私人印制的。我只能开口道出"啊"和"哦"——自从在日本京都大德寺的禅房里偷偷读过后，我再未见过此书——霍夫道普把它送给了我，并祝我好运。我问道："你读过这本书吗？"他点了点头："当然，中国式的小说，略有一点怪异。"这是多年以前得来的礼物，当时高罗佩已然离世，霍夫道普也步入暮年。他认为

一

这本书很适合放在我的书架上，果然至今仍在原处。

骄傲是一种奇怪的缺点，常会攫住我们每一个人。高罗佩想要成为一位受到认可的小说家。他在文学界的友人寥寥无几，与他合作的荷兰出版商范胡维（W. van Hoeve）几乎从不回信，也不相信赞扬的话，荷兰评论家不但极其缺乏远见，而且态度很不友善。高罗佩曾对一名记者说过，自己仍然受到大众的喜爱，收到过一些读者来信，多数是女性的手笔。这些女士们对狄公非常仰慕，想让他经历几次小小的艳遇。高罗佩即使乐意取悦读者，也不能让这位严于律己的县令降格到如此低下的水平，不过他在后来的书中确实加入了艳情戏，全都留给狄公的几位男性随从。我总是询问高罗佩的生前友好，想知道他是个什么样的人，得到的回答十分审慎，并且指向难以调和的对立的两面：轻松愉快又疏远冷淡，性情沉静，有时也会暴躁易怒，心态平和，且被不屈不挠的力量所驱使，超然独立，又为人类的无知而感到悲伤。

一位退休领事曾对我说，自己在日本工作时过得很愉快，后来忽然被海牙总部调去韩国，心中颇不情愿，竟至郁郁成疾，于是给从前的上司、驻日大使高罗佩写信，请求返回日本。这封信从东京转寄到海牙，当时高罗佩正在海牙住院，查明已是肺癌晚期。他只有五十七岁，总是

高罗佩：其人其书

不停地抽烟——雪茄，香烟，烟斗，只要是触手可及之物。由于长期咳嗽已被确诊为肺癌的症状，医生曾屡次警告过他。如今再改变生活方式为时已晚，当病情迅速恶化时，他在医院的私人病房里仍然抽着雪茄。这位领事在离开海牙之前去看望高罗佩，并未提及调任之事。高罗佩想起那封信，说道："把电话给我。"那是他打出的最后一个电话，使这位领事得以重回日本。"您难道不在意死亡吗，先生？"领事问道。"请原谅我这略显玄妙的议论，"高罗佩答道，"不过一切变动都是虚幻的，从首尔到神户，从生命到死亡。"

英国汉学家、佛学家蒲乐道（John Blofeld）曾在中国生活过多年，如今居住在泰国曼谷。二战期间，他曾与高罗佩同在重庆做外交官，二人自此相识。当我问及他本人对高罗佩的印象时，他拍拍我的肩头，表示我崇拜高罗佩是由于"这一榜样极有助于铺平那些资质较为平庸，或是勉强位居上游者的道路"。他将我心目中的英雄描述为一个高大而快乐的男人，在说意大利语和梵语时带有同样的荷兰口音。蒲乐道的信里有一部分用红墨水写成，我承诺过不会引用，这一点着实令人遗憾，不过在这部或可忝列专著的作品中，我会将其他一些内容引述于后。

高罗佩喜爱漫画，这是他所追随的通俗媒体形式之一。如果他活得更久一些，或许会尝试创作电影剧本，因为他很喜欢"将故事想象成图画"。有几个狄公案故事被改编为漫画，他亲自教授荷兰画师弗里茨·克鲁兹曼（Frits Kroezeman）完成了正宗中国风格的插图。这些连环画曾经在几种荷兰报纸上连载，最终汇集成八册，据我所知并无英文版。克鲁兹曼曾在高罗佩的床边度过了不少时间，后来对我说道："罗伯特一点也不怕死，他以极其镇定从容的态度接受了逐渐临近的自身消亡，真是一个最有勇气的人！"

　　虽然高罗佩从未参与过任何形式的战斗，但也曾经多次面对死亡。二战爆发时，他正在东京工作，当两国宣布敌对后，过了好几个月，他才被允许作为外交官撤离日本、前去中国。当时中国的陪都重庆每天遭到日军轰炸，他的所有衣物都被焚毁，于是身穿中式长袍施施然行走各处，随身携带的小包里装着几册正在阅读的书卷。几周之后，所有外交官必须长时间躲在地下防空洞内，他抱怨落下的尘土会妨碍练习书法。当他开始撰写一篇有关中日卷轴画各种裱糊方法的文章时，就在一次次轰炸的间歇期里四处奔波，只为收集购买纸张样品。

　　几年之后，他在贝鲁特任职时，当地爆发了革命。

他安排家人乘船返回海牙❶，独自坐在防御战火的沙袋后面继续创作狄公案小说。他曾给一个朋友写道："当阿拉伯人不断将爆破筒扔进我的花园里时，我很难集中精力，这情形未免有些挠头。如今我已设法将它们全都扔了回去。"

美国波士顿大学的缪加尔图书馆（Mugar Library）里保存着四只蓝色纸盒，里面装有高罗佩在去世前赠予的手稿和笔记。我埋头潜心钻研，寻找他生时勤勉、死时安详的秘密。虽然一些专家让我们确信他忽视了宗教和哲学的重要规范，但是我想说他确实研习过道教与佛教的神秘经义。道教和禅宗都宣称以空为核心，即一旦被得道之人所感化，便可获得通向"无为"这一秘密法门的途径。正如卡尔·荣格（Carl Jung）所说，"无为"并不是逃避个人的责任，而是"平静地接受那些发生在我们身上的事，从而使得我们可以成就自己"，高罗佩本人将这种技能称为"无所事事"。关于这一主题，庄子曾写过一首诗，缪加尔图书馆的纸盒里保存有高罗佩的译文：

　　　不可说"道"有，

---

❶ 根据《大汉学家高罗佩传》所述，高罗佩将家人送至安全的山间别墅暂居。

不可说"道"无，

但你可以在静默中找到它，

在无为之中。❶

二

　　1967 年，高罗佩博士在海牙去世。1910 年，他出生于荷兰的另一座城市聚特芬（Zutphen）。

　　1910 年是平静的一年，世界大战尚未开始，上帝仍在天上主宰一切，人间安乐祥和。荷兰社会井井有序，范古利克一家位居上层，因为高罗佩的父亲是荷属东印度殖民地军队里的高级军医官。被外来白人所统治的东印度地区自然也是一片乐土，当地人欢欢喜喜地为文明开化的统治者提供丰富的物产。当罗伯特出生时，其父被派驻在荷兰。三年之后，全家人前往远东，在爪哇（先在泗水，后来在巴达维亚——如今的雅加达）一直居住了九年。罗伯特上小学时，学校里只教授荷文，周围的绝大多数人则讲马来语、爪哇语和汉语。由于听力很好，他学会了许多生词，不但掌握了它们的意思，还想学习读写。当他在店铺招牌上看到有趣的汉字时，就会让店主加以解释。过不多久，他就能在沙土铺成的路面上书写这些复杂的汉字，常常引得路人驻足打量。华人店主向他展示每一个汉字如何由几个部分构成，这个求知欲极强的学生立即看出由此将会产生无限多种组合。相对于汉语而言，马来语和爪哇语要简单得多。罗伯特一边四处行走，一边学习各种语言。作为一个天生的收藏家，他将词汇记录在不同的练习簿上，并亲手绘制插图。1922 年[1]，当全家返回荷兰时，罗伯特基本可以流利地运用四种语言，预备进入高中。当时的高中生要学习希腊语、拉丁语、法语、德语、英语，还有高等数学、物理、化学等等。学过中文之后，其他语言似乎都不再困难。由于机缘巧合，他幸运地遇到了荷兰最著名的语言学家乌伦贝克（C. C. Uhlenbeck）。这位教授看出他颇有天赋，便亲自教他俄语，有空时还教授梵文。乌伦贝克正在编纂一部印第安黑足语词典，罗伯特也参与其中，几年之后，这部词典得以出版。他并未忘记最初热爱的中文，但是如今全家住在奈梅亨（Nijmegen），附近无人可以教授中文。他登出广告，结果一名学习农学的中国留学生前来应聘，他用自己的零花钱支付这笔家教费用，因此不得不削减其他同龄孩子理应享受的一些奢侈品。

就在那时，他开始在学校的月刊《演讲台》（*Rostra*）

---

[1] 根据《大汉学家高罗佩传》，此处应为 1923 年。

上发表作品。他写的诗歌受到欢迎，散文《来自美丽的岛屿》更是给师生们留下了深刻的印象，虽然年仅十八岁，其文风却已是诚挚而悦人。文中有一段关于童年时游览巴达维亚中国城的回忆：

狭小的房间里，粗大的屋梁已被烟火熏黑，支撑着因负重而倾斜的天花板，梁下只悬着几盏纸灯笼照亮，昏暗的光线使得房内陈设看去别具一格。屋角处立着书架，架上堆满了厚厚的汉语书籍。前方靠墙处有一张香案，四周围着红布，上面题有孔夫子的名言，文辞简洁而优美，另有一张矮桌上摆着精致的瓷碗。屋子正中有一只小火炉，里面烧着木炭，令人觉得十分温暖，看门的老头儿身穿宽大舒适的白布袍，伸腿坐在长榻上，面容和蔼，皱纹密布，两眼略显斜视。他走过来愉快地迎接我，开口时语声圆润，用粤语说面条已经做好了。然而我更喜欢踏上嘎吱作响的楼梯，一直登至塔顶，从那里可以俯瞰中国城的美丽景象……鳞次栉比的屋顶分布于各处，仿佛是广阔海洋中连绵起伏的层层波浪。

他想要重回以往那些快乐的岁月，还引用了诗人李白在同样心境下发出的感慨"低头思故乡"。等待的时间虽然漫长，不过幸运的是还有许多事情可以做。他进入著名的莱顿大学学习东方语言，很快开始发表文章——对于一个学生而言很不寻常，这些高深的论文、机智的随笔、精确的译文引起了人们的注意。1932 年，他出版了公元前四世纪印度作家迦梨陀娑（Kālidāsa）的梵文剧作的荷译本。二十四岁时，他获得了硕士学位，一年之后又在乌特勒支大学获得了博士学位，并被评为优等，论文题目是《马头明王古今诸说源流考》。这本小册子多次重印，令专门出版学术著作的莱顿博睿出版社（Brill）吃了一惊。年仅二十五岁的罗伯特·范古利克已是一位当之无愧的学者了。

如今该做什么呢？开始工作吗？或许他可以留下来执教，但是在荷兰的疆界之外，遥远的东方正等待着他。范古利克家族的男士们有从军入伍的传统（高罗佩曾经说过，"周围所有的成年人似乎都属于佩剑族"）。或许他在语言学方面赢得的声誉会给外交部留下良好印象？1935年，他提出申请，随即成为日本东京公使馆的一名秘书，除了非常缓慢的升职（同时还有许多自由的时间）之外无可期待。由于他乐意成为"文人士大夫"，因此非常适应。早在学生时期，他曾写过一篇关于中国社会改良的文章：

"从实际的角度来看，的确［比旧式教育体系］更胜一筹，所有这些变化都是自然发生的，而且非常之好，但是让人不免会想到在所有这些时髦人物中，旧式的风雅文士是否还能继续存在，正如我们哀悼过的近期去世的政治家与学者辜鸿铭老先生——当各种新观念从四面八方涌入中国时，他毫不畏惧地安然固守着老式'良民宗教'。每一件事情自然都是有利有弊的，这一切是否会被视为进步，并不是我们当代人所能够决定的，而是留给后来者的任务。"(《爱思唯尔月刊》第77期，第320页)

其后的七年时间里，他有许多机会可以成为"西洋士大夫"、勤勉好学的贵族、精研旁门左道（即当时很少有人探索的思想与艺术的小径）的学者。他研究中国和日本的刑法、书籍印刷与书画装裱艺术，弹奏中国古琴，研究古代琴谱，攻读医书和案录（他谦虚地表示只是采取一种"散漫的方式"），并开始收集艺术品，这些收藏后来至少损失过两次，最终在1983年12月7日佳士得在阿姆斯特丹举办的拍卖会上圆满成交。

一位认识高罗佩的中国绅士回忆起这个金发黑眼的巨人时，不禁微微一笑，要我确信他的思想和行为都是典型的中国式，"他无疑是被一个中国古代才子灵魂附体了，然后选择一种幽默的方式又回到我们中间"。根据姓名发音，那些博学的同道们给他取了一个中文名：高罗佩（高 = Gu，罗佩 = Robert），他将这个名字欣然签署在自己写的汉语文章里。❶ 在后来生活过的许多地方，他被称为"高大人"，并被视为一位真正的中国学者。

在日本东京时，高罗佩愉快地研究汉学，1942 年撤离到重庆后，他更加专心致力于此，当时一同撤离的还有与日本交战的其他国家的所有外交人员。他在重庆过得很惬意，几乎不想离去，但是二战结束后被海牙当局召回荷兰。他抛开失意之情，在莱顿大学继续做研究，接着又被派往美国。在华盛顿特区时，他充分利用当地的图书馆，并面会过一些杰出的汉学家，但是仍旧心系远东。1949 年，他如愿重返东京，1953 年又离开东京、前往印度新德里，之后是马来西亚吉隆坡，再后是黎巴嫩贝鲁特❷——每一次调任都伴随着大幅升迁。在贝鲁特，他成为荷兰驻中东公使，1965 年终于被任命为荷兰驻日本大使，仅仅两年之后，就在任上去世。唯有变化经久不变，就连痛苦也不会长存。他在翻译一首日本诗歌时，便已领悟了这一真谛：

---

❶ 根据《大汉学家高罗佩传》所述，高罗佩在中学时期给自己起了中文名"高罗佩"，与此处的说法不同。

❷ 此处顺序有误。高罗佩前往贝鲁特担任荷兰驻中东公使是在 1956—1959 年，前往吉隆坡担任荷兰驻马来亚大使则是在 1959—1962 年。

高罗佩：其人其书

当我死去时❶

当我死去时

谁还会记着我，心中悲哀难平？

只有黑色的山鸦

将会造访我的坟茔。

但是从山顶飞来的群鸦，

并不会感到伤心：

除非它们没能吃到

摆在为我而设的祭坛上的供品。

---

❶ 范德魏特灵在 1983 年为高罗佩《天赐之日》所作的后记中也引用过此诗，个别措辞略有不同。

三

　　狄公在文学中实现重生之前，高罗佩作为一名汉学家，并未在学术界之外赢得广泛的声誉，前期著作也很少进入大众视野。1961年博睿（莱顿大学出版社）推出的《中国古代房内考》是一部超过四百页的巨著，装帧精美，然而学术性过强且价格昂贵，难以吸引外行读者。1958年罗马的意大利中东与远东研究所出版的《书画鉴赏汇编》也是同样情形，学术性更强且篇幅更巨。1967年，博睿又出版了《长臂猿考》。除此之外，另有内容更为艰深的作品，比如1941年日本上智大学出版的《嵇康及其〈琴赋〉》。他曾经私人印制过一些小册子，比如在荷兰印刷的《明代书籍插图》，数量非常有限，用来分赠给亲朋好友。在中文书店里，有时还会看到这些书仍有出售，但是无一在商业上获得过成功。

　　直到高罗佩翻译出版《狄公案》（*Dee Goong An*）时，这一切全都改变了。

　　一个中国文人如果不是写出了富有教育意义的文章

或历史故事——这些文学形式深受朝廷赞许——就不愿屈尊署上自家姓名。他必须用笔名来掩盖与小说的所有关联，一个"编故事"的作者不是艺术家，而是工匠，即使老百姓喜爱他的作品，其身份仍与戏子或沿街卖唱者一样低贱。正是因此，无人知晓《狄公案》的作者究竟是谁。此书产生于十八世纪，是一部真正的侦探小说，比西方同类作品出现得更早。1940年，高罗佩第一次看到它，就被其精彩的情节（狄公破获了三桩互不相关的案件）深深吸引，经过多方查证，发现此书问世已有数百年。当他四处搜集有关狄仁杰这位出身县令、官至宰相的历史人物的资料时，尚不知道《狄公案》将会成为自己日后创作系列小说的基础。作为一部小说，此书写得非常出色，作为史料也具有相当的价值，包含有关声名卓著（狼藉?）的唐朝的许多内容。

高罗佩立即着手将《狄公案》译成英文，1949年在日本时，将手稿拿给朋友观看，众人都表示出极大的兴趣，于是他冒着风险私人印制了1 200册，"采用了一张原版木刻画，并由作者签名盖印"。初版书全部售完（我怀疑他将相当一部分赠送了出去），1975年❶由美国纽约多

---

❶ 此处应为1976年。

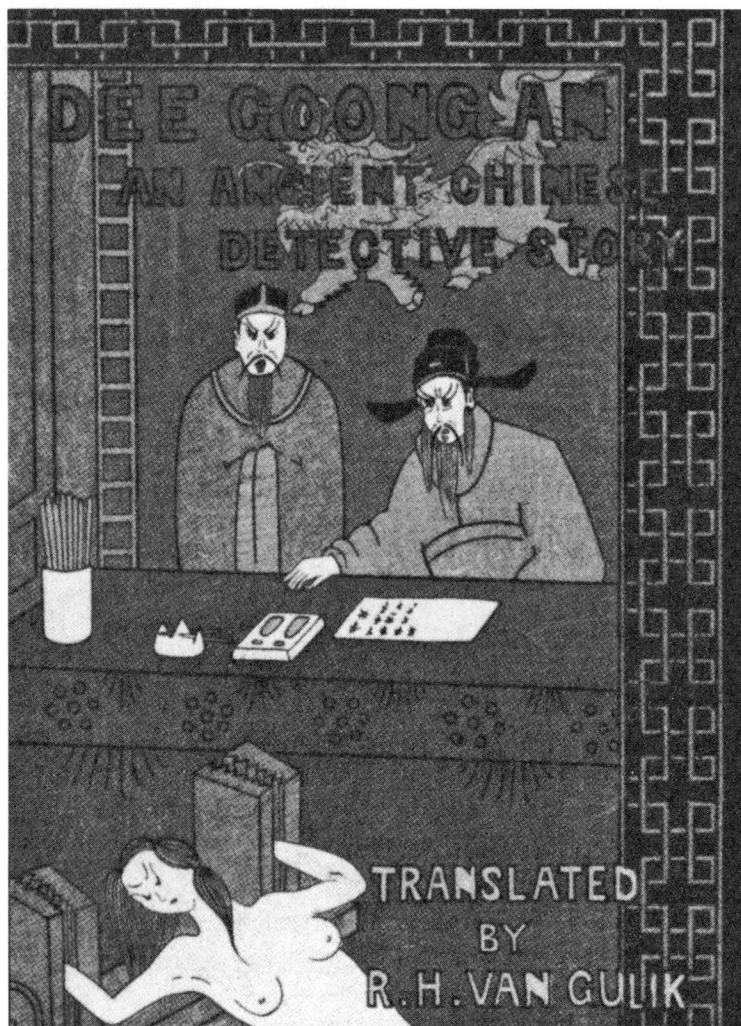

高罗佩亲制的英译本《狄公案》1949年初版封面木刻图

佛出版社（Dover Publications）重印。

狄公这一人物给高罗佩留下了深刻印象。作为侦探小说的资深读者，他曾与几位英美作家通信，并将此译本寄给他们，建议他们构思出新颖的故事。这些作家深知己短，因此敬谢不敏。于是他尝试自行实践，在1950年用英文写出了《铜钟案》与《迷宫案》，后者的日译本随即出版，销售良好，刻薄的评论家们宣称这是因为他在封面上使用了裸女图（由他本人亲自绘制）的缘故。1953年在新加坡出版的中文本《狄仁杰奇案》同样销售良好。高罗佩的努力是理想化的。他惊骇于日本书店里出现的荒诞不经或是低俗色情的垃圾作品，想让大众重新认识到自身文化的精华部分，正如中国古代的核心价值。1953年，英国伦敦的迈克尔·约瑟夫出版社出版了他的英文手稿❶，立时便成为畅销书。高罗佩从此接连创作有关异域探险的通俗小说，尤其在英语世界里声誉鹊起——自从无与伦比的歇洛克·福尔摩斯诞生之后，英文侦探小说便不断出现在读者面前。高罗佩的创作令人耳目一新，极受欢迎。英国版与美国版的全集最终达到十六部，数量着实惊人——就在最近，斯克里布纳出版社（Scribners）与芝

---

❶　此处有误，迈克尔·约瑟夫出版社（Michael Joseph）在1958年首次出版《铜钟案》英文本。

加哥大学出版社再次推出全集，其中许多封面采用了他本人所绘的香艳插图，这些与性相关的成分无疑促进了作品的成功，从历史角度而言也是可以接受的，因为唐代的中国人观念开放。每一部小说里都有若干精彩刺激的场景，高罗佩将其绘成插图，不过不是模仿唐代风格，而是依照明代传统——这些简洁的线描画将会引导读者的想象力。

*　　*　　*

曾与高罗佩有过交往的荷兰侦探小说家阿布·菲瑟告诉我，这位著名的朋友在喝下几口杜松子酒后，会低声说道："狄公就是我。"此话倒也不会令人太过吃惊。柯南·道尔就是歇洛克·福尔摩斯，钱德勒就是马洛，哈米特就是萨姆·斯佩德。作者常常把自己投射在角色身上，除此之外，他还会将谁推上自行搭建的舞台呢？即使在构思其他人物时，他也会从自身性格的一部分出发而加以塑造，这一部分性格或是可以觉察到的，或是隐藏在暗处的。为了塑造一个英雄，作者会将自身的某些部分以最佳方式结合起来，由此可以看出作者理想中的自我形象。但是很多时候，即使作者竭尽全力，仍会给读者呈现出一个讽刺漫画式的、多少被丑化的人物，比如丁丁、詹姆斯·邦德、陈查理，甚至包括福尔摩斯。然而狄公是个例外，高罗佩向我们呈现出一位真正的英雄，理想的父亲（为了不使孩子们感到乏味无聊，他在深情的劝诫中加入了舞刀弄剑、各种精彩表演和奇思妙计），甚至还是最富魅力的情人（身材高大，胸膛宽阔，健壮勇武，博学睿智，堪称女读者们的最佳选择），知情识趣，行事得体。对于高罗佩有时提到的他与狄公梦想中的完人，我们可以在此得到一个更为完整的印象。

　　为什么要说这些？其中存在什么联系吗？我想确实是的。狄公出身于世家大族（其父曾在京城里做过高官），从来无须面对那些出身寒门、命运不济之人必会遭遇的困境，后者住在地势低矮的房舍里，看不到长河美景，眼中所见唯有沼泽泥泞。众人期望狄公会应试中举、步入仕途，但是他走得更远，打破了为自己这一类人所设定的界限，"佩剑族"的后裔注定会拥有辉煌灿烂的人生。比起循规蹈矩、按部就班的同侪们，狄公更为出类拔萃，无疑是一个天才。像高罗佩一样，他并未在平坦宽阔的大道上轻松前行，而是特意去探寻那些人烟稀少的幽巷曲径，研究律法而并非哲学，研究医书而并非思古怀旧的诗赋。他也像高罗佩一样能讲方言，我们曾听他流利地说过粤语❶。粤语虽与官

---

❶　此处似有疑问。依据小说所述，狄公及其四名随从之中，唯有陶干会说粤语。

话使用同样的文字，却是完全不同的另一种语言。狄公做官也像高罗佩一样，最后升至当朝宰相。当时主政的武后是个骄纵恣肆的女人，狄公运用自己的才智，既能制约她玩弄权柄，同时还能保全自己的性命。每个读过唐史的人都会同意，唯有君子才能应对如此残暴的杀人流血。狄公秉性正直，高罗佩想必也是一样，但是狄公比高罗佩更通晓世情人心，放在今天，他就是一个甚至能在动荡中幸存下来的典型人物，身穿锦袍登上高位，在中国随处可见。

高罗佩之所以乐意与狄公认同，另有其他一些原因。狄公相貌英俊，身材高大，肩宽背阔，蓄有一副飘洒的美髯，精通剑术和棍术，拳脚功夫也是上佳——此即柔道与空手道的前身。他生性勇敢，乐意融入平民百姓之中，能以好几种身份匿名改扮。考虑到他生活的年代和地点，这些超人的方面似乎要比高罗佩更胜一筹，然而在某些细处，他确实与高罗佩本人颇为相似。他们都与猿猴关系亲密，都会弹奏古琴。

一个聪明的作家知道如何让自己的英雄蒙难受挫，因为只有圣人才不会失足跌倒。从不犯错的完美人物已不再流行，现代人都会冷嘲热讽，太多道貌岸然的反面典型已使这类形象名誉扫地。读者像作者一样，也想与英雄认同，但是只有在狄公遭遇小小挫折时，他们才可能成为狄公，因此呈现在读者面前的狄公多少也有些自高自大，或许现实中也是如此，因为中国人在过去和现在都可能表现得相当自负，尤其是那些身居高位者。在中国人看来，中国仍然是"居于中央之国"，而不是被推到边缘的"支那"。高罗佩常会在书中安排几个非中国人出现，他们多是狄公的下属，每每壮起胆子跟狄公搭讪时，狄公总是恼怒地甩甩衣袖，对他们说话也很简短。一位朋友曾对我说："你有没有注意到狄公对下属说话经常很简短？"他说得不错，但是我们不该把狄公看作是一个爱发牢骚的沙文主义者。他常常不辞辛苦地设法查明外族人的希求，并暗暗赞赏他们的某些成就。这些负面描述平实朴素、富有节制，因为狄公是一名正直的官员，人人都可以接近他，包括收入最低的体力劳动者、乞丐甚至女子，如果他觉得这些人蒙受了冤屈，就会为他们的案子进行辩护。只要受害人的创伤尚未愈合，被压迫者尚未重新站起来，作为国民而受到尊重并再度恢复勇气，狄公就不会半途而废。

高罗佩还加入了其他一些全新的因素，有助于向大众推销作品。侦探小说的读者以前习惯于一个侦探在一本书里勘查一桩案件，却从未想到过这种状况其实完全不真实。这是一个坏透了的世界，恶魔常会在多个地方同时发起攻击。即使私家侦探——如果他们很能干的话（谁会

三   35

想看一本有关侦探事业的平庸记录呢?)——也很忙碌,会有许多顾客同时上门求助。狄公是中国古代的一位县令,其职责不仅是担任判官——还须管理全城,包括治安和收税。作奸犯科者自然不会心怀敬畏,也不会等到一桩案子被破获之后再去做下一桩。高罗佩的作品里总是包括不止一桩案件,于是可怜的狄公四处奔忙,从一个地方跑到另一个地方,几乎没有时间过家庭生活,或是享受四位美貌夫人❶的体贴照料,或是埋头书卷之中。

高罗佩在写作狄公案小说时,放下了学者的面具。书中的事实并非都能找到历史证据。

为了向读者提供一个参考,高罗佩编写了虚构的狄公年表❷。

狄 公 年 表

时间、地点、官职	篇名(注 * 者为短篇小说)	狄公及其家人、随从与多次出场的人物概述(所注页码皆出自伦敦初版)
公元 630 年,山西首府太原。		狄公出生,在家中启蒙受教,通过乡试。

---

❶ 依据小说中所述,狄公共有三位夫人。
❷ 除了狄公的生年和末尾处的史录之外,其他内容全是虚构,包括 14 部长篇小说和 8 部短篇故事(取自斯克里布纳版《断案集》,此年表中未包括 1966 年的《项链案》与 1967 年的《中秋案》)。——原注

时间、地点、官职	篇名（注 * 者为短篇小说）	狄公及其家人、随从与多次出场的人物概述（所注页码皆出自伦敦初版）
650 年，京城。		狄公之父升为朝廷尚书左丞，狄公任书记一职，娶一妻一妾，通过会试后，任秘阁校理。
663 年，蓬莱县令。蓬莱位于中国东北海岸。	《黄金案》（伦敦，1959 年）。县令被害案，新妇逃逸案，恶徒被杀案。	狄公首次统摄一方，洪亮随行，路遇马荣、乔泰。首次提及雨龙剑，乔泰预言自己将命丧此剑之下（见第 31 页）。第十五回中叙述曹小姐的不幸遭遇。
	*《五祥云》	狄公到达蓬莱七日之后，贺夫人突然身亡，是自尽还是被害？狄公独自勘破此案。
	*《公文案》	一月之后，一名军官被害，狄公勘破此案，由马荣、乔泰协助。孟把总首次出现。
	*《雨中客》	半年之后，一名当铺掌柜被杀，狄公独自勘破此案。再次提及孟把总。狄公决意娶曹小姐为第三房夫人。
	《漆屏案》（伦敦，1962 年❶）。漆屏案，富商自尽案，伪账案。	狄公暂驻牟平，由乔泰协助办案。再次提及乔泰将命丧刀剑之下（见第 140 页）。

---

❶　此处应为 1964 年。

时间、地点、官职	篇名（注＊者为短篇小说）	狄公及其家人、随从与多次出场的人物概述（所注页码皆出自伦敦初版）
666 年，汉源县令。汉源位于京城附近的湖滨地带。	《湖滨案》（伦敦，1960 年）。舞姬溺水案，新妇失踪案，大臣挥霍家财案。	狄公与洪亮、马荣、乔泰协同办案。第四名亲随陶干首次出现（见第 153 页），富裕乡绅韩咏翰出现，并叙写汉源丐帮首领（见第 118 页）。
	《晨之猿》（出自《猴 与 虎》，伦敦，1965 年）	一个游民被害，狄公与陶干勘破此案，陶干从此被狄公收为亲信。丐帮首领再次出现（见第 31 页），韩咏翰亦有提及（见第 59 页）。
	《朝 云 观》（伦敦，1961 年❶）。住持升仙案，信女入教案，神秘道士案。	案件发生在汉源山上的一座古旧道观中，狄公与陶干协同办案。第 12 页中写到狄公对几位夫人的态度。
	＊《莲池案》	一位年迈诗人被害，狄公与马荣勘破此案。
668 年，蒲阳县令。蒲阳地属江苏，位于大运河边，丰饶富庶。	《铜钟案》（伦敦，1958 年）。半月街奸杀案，佛寺淫僧案，钟下藏尸案。	狄公与洪亮、马荣、乔泰、陶干协同办案。丐帮军师盛八出现，第九回中金华骆县令出现。

---

❶ 此处应为 1963 年。

时间、地点、官职	篇名（注＊者为短篇小说）	狄公及其家人、随从与多次出场的人物概述（所注页码皆出自伦敦初版）
	＊《两乞丐》	狄公与洪亮勘破此案，再度提及骆县令。
	＊《夺命剑》	一个走江湖卖艺的少年被害，狄公与马荣、乔泰勘破此案。盛八再度出现。
	《红楼案》（伦敦，1964 年）。花魁猝死案，状元殉情案，情杀旧案。	案件发生在乐园之中，狄公与马荣驻留两日。骆县令于第二回和第二十回中再度出现。
	《御珠案》（伦敦，1963 年）。司鼓被害案，妾室被杀案，御珠失窃案。	一年一度的龙舟大赛上发生命案，狄公由洪亮协助办案。第八回中盛八再度出现，钟情于梁紫兰。
670 年，兰坊县令。兰坊位于西部边陲地区。	《迷宫案》（伦敦，1952 年❶）。密室杀人案，秘藏遗嘱案，无头女尸案。	第 22 页中叙述狄公为何会被突然迁至偏远边城。狄公与洪亮、马荣、乔泰、陶干合力平定当地叛乱，并勘破三桩疑案。回纥女子吐尔贝成为马荣的情人（见第 173 页）。叙述班头方铁匠的遭遇（见第 35 页），方铁匠之子成为衙役（见第 289 页）。

---

❶　此处应为 1962 年。

时间、地点、官职	篇名（注＊者为短篇小说）	狄公及其家人、随从与多次出场的人物概述（所注页码皆出自伦敦初版）
	《紫云寺》（伦敦，1966 年）	狄公与洪亮、马荣勘破三桩合而为一的疑案，第 40 页中描写狄公的三位夫人，第 104 页中对三夫人（即原先的曹小姐）叙写更详。回纥女子吐尔贝再度出现（见第 56 页），再度提及方铁匠与其子（见第 11、136 页）。
	＊《太子棺》	唐军与突厥人大战时，狄公被召往位于边境的大石口县，独自勘破了两桩疑案。
	＊《除夕案》	狄公在兰坊任职四年后，独自破获了这桩极不寻常的案件。
676 年，北州县令。北州位于北方荒凉边地。	《铁钉案》（伦敦，1961 年）。无头女尸案，猫形拼图案，商贾被害案。	狄公赴任北州仅仅数月之后，便被擢升为京师大理寺卿。他在北州破获了几桩甚为残酷的命案，由四名亲随协助，洪亮在办案时遇害身亡。第 116 页中叙述狄公三位夫人的家世背景。第 38 页中郭夫人出现。
	《暮之虎》（出自《猴与虎》，伦敦，1965 年）	狄公离开北州前往京师，途中在一家荒僻的山庄里过夜，独自破获了一桩少女被害案。第 91 页中提及郭夫人与洪亮之死。

时间、地点、官职	篇名（注＊者为短篇小说）	狄公及其家人、随从与多次出场的人物概述（所注页码皆出自伦敦初版）
677 年，京师大理寺卿。	《柳园图》（伦敦，1965 年）。柳园图案，失足坠楼案，奴婢被杀案。	狄公新任京师大理寺卿，马荣、乔泰成为禁军统领，陶干成为大理寺主簿。马荣娶袁氏孪生姐妹为妻。
681 年❶，宰相。	《广州案》（伦敦，1966 年）。朝臣失踪案，神秘舞姬案，金钟案。	狄公身为钦差大臣前往广州，由乔泰、陶干协助破获几桩疑案。乔泰殒身于雨龙剑下，陶干决意娶梁小姐为妻。第 160 页中提及郭夫人跳崖自尽的悲剧。
史录：狄公卒于公元 700 年，享年七十岁，身后有两子狄光嗣、狄景晖，皆仕进有成，但无显名。其族孙狄兼谟继承了他的光辉人格与出众才智，官至东都留守卒。❷		

---

❶ 此书人物表中为 680 年。
❷ 据《旧唐书·列传》第三十九所载："仁杰尝为魏州刺史，人吏为立生祠。及去职，其子景晖为魏州司功参军，颇贪暴，为人所恶，乃毁仁杰之祠。长子光嗣，圣历初为司府丞，则天令宰相各举尚书郎一人，仁杰乃荐光嗣。拜地官员外郎，莅事称职，则天喜而言曰：'祁奚内举，果得其人。'开元七年，自汴州刺史转扬州大都督府长史，坐赃贬歙州别驾卒。"另有一子狄光远，生平事迹不详。狄兼谟，新旧《唐书》载是其族曾孙，且"刚正有祖风"。

四

　　众所周知，先知在自家地盘里并不受人欢迎。五十年代末期到六十年代初期，当狄公案小说初次问世时，荷兰评论界对此书的苛责似乎是一场有计划的阴谋。或许其中不无妒意，任何社会如果以腐烂的柱石作为支撑，都会摇摇欲坠，而妒忌就是其中的一根。这一系列小说无疑引起了轰动，销售状况也非常良好，但是那些以评论书籍为生的绅士们可能嫉妒这位成功的新锐作家，在此之前，他就已是高级外交官和知名学者了，或许他们企图将他从自己的地界里排挤出去。无论出于何种不可告人的原因，他们对高罗佩群起而攻之，那些负面评论全都是一个调子，"罗伯特·范古利克的作品尽管在东方和西方都获得了成功，然而就其本质来说，并不具有文学价值"，或者"这些低劣的、带有'异国情调'的惊险小说之所以能够获得成功，完全来自希图间接享受血腥和色欲的现代人的苦恼，而并非是希望了解另一种文明"。无人公开认可作者的博学多才。当出版商范胡维作古、高罗佩本人也已离世后，这一系列作品获允流出，另一家出版社收购了范胡维的业务，但是并未费心考虑过狄公案小说。1978年，我受邀帮助一些粉丝重印这一系列作品时，最有说服力的论据是天价初版和我所知道的国外新近版本。新出版商听从了我的意见，在其后的五年里，售出了将近一百万册。高罗佩的在天之灵或许会对这第二轮声名大噪而面露微笑，尽管他的学术素养理应将其感受力提升到了超过常人判断力的地步。在缪加尔图书馆的纸盒里，我看到另一首日本诗歌，或许可以表达他的感受：

晚间的山岚

寺院的大钟在敲响？

还是铃舌的声音？

这声音一定来自某个地方

在大钟和铃舌之间。

在荷兰也有一种说法："听到钟声敲响，却不知铃舌悬在何处。"高罗佩翻译这首表达人类茫然无知的日本小诗时，可能想起了这句谚语。我们不难想象，这位身材魁梧的荷兰人——大使，汉学家，士大夫，收藏家，畅销小说家——漫步在东方某条山路上，在雾中穿行时，思考着人类的努力和相对性，在自我评价与他人意见中感受到自由与迷惘。

他的朋友蒲乐道曾经做过英国外交官，与他一同经历过重庆的战争岁月，后来成为一名神秘主义者和佛学家。像高罗佩一样，蒲乐道也会熟练地运用中文讲话、书写和阅读，如今居住在曼谷，写过许多关于佛教和道教的书，这些作品文辞优美，探讨的全是高超而玄妙的主题。我在信中请求他"告诉我所能记得的任何有关与高罗佩交往的细节"，他非常热心地予以回复，并允许我引用1978年5月8日的信件中的评议：

> 我对高罗佩相当了解。1943年至1945年间，我们经常见面，当时我在重庆的英国大使馆担任文化随员，高罗佩在荷兰公使馆担任秘书或是什么较高的职位。对于中国的共同兴趣将我们联系在一起，就我所知，他始终保持着学者的纯粹和率直，对于中国宗教的兴趣从未发展到信奉某种教义，或是超越学者与艺术家的兴趣的地步，这一点和我不同。即使在当时，他的房间也更像一位中国文人的书斋，而并非一个外交官的住处。他身材高大，对生活充满热情，时常开怀大笑，很多方面都像伊丽莎白时代的政治家，如果你能想象这样一个人具有东方背

景而不是文艺复兴时期背景的话。尽管他是一个非常杰出的语言学家，但是在说英语或汉语时，从未丢掉浓重的荷兰口音。人人都喜欢他，能被这样一个人挑选出来做朋友，多少是一种荣幸。

他的单身生活一直持续到这段时间的后期，然而很快便与未来的妻子、来自北京的水小姐订了婚。我非常喜欢这位水小姐，但是并不太了解她，因为我在重庆的时候，高罗佩几乎一直是单身汉。我猜想水小姐能够吸引他，一定是因为来自传统的中国书香门第，这在当时的情况下并不寻常。

在那时候，高罗佩能做四件令人吃惊的事，对于一个西方人来说，其中任何一件都是不同凡响的。他会写出色的草书，写下的条幅令他的中国朋友十分赞赏；他会弹中国的七弦古琴；他会用中文写作，还会在坚硬的石头上篆刻精美的中国印章！后来，我发现他还精通梵文、马来语和日语，还有多种西方语言，拉丁文也很好。除了做一名成功的外交家，他还利用业余时间（在离开重庆之后）写出了精彩的著作，例如关于日本画装裱的二百种纸张、关于某种竹笛、关于中国古代性生活的学术书籍，还有为了消遣而写的狄公案小说。真是一个了不起的人物！

1943年，高罗佩与水世芳在重庆举行婚礼时的留影

1951 年，我移居泰国曼谷，直到 1967 年高罗佩去世之前，他曾经数次来访，我们得以欢聚，但是过于短暂，使我无法添加更多叙述，唯有一件事[1]值得一提。在我家的佛堂里，他曾指着金刚杵[1]和上有金刚的钟——对于西藏人来说，这象征着许多需要加以统一的二元对立物，尤其是方式（悲悯）和目的（智慧）——对我解释说他将其称为性起源，代表男女的性器官。我只是微微一笑，并没有说什么。在某种意义上，他当然没有说错，不过他的论断过于简单，出自这样一位杰出的学者之口，未免令人惊异。从这件事和其他事上，我得出一个结论，尽管他具有惊人的语言才能，对于研究充满热情，对于艺术也有出色的鉴赏力，但是从未被中国和印度宗教的神秘成分吸引过（近来有一些科学家与学者正是如此）。卡尔·荣格认识到了这些方面，但是在公开出版的著作里没有过多提及，免得有损于他作为学者的声誉。无论是否如此，我认为高罗佩对东方研究的这一特殊方面是完全无视的。如果我的说法正确，这并无损于他的声望，也根本

---

❶ 金刚杵（Vajra）是一种装饰精美的小型杵状法器，由西藏佛教的高级法师（被称为喇嘛）所持，被当作是一种身份的象征。其装饰包括两部分。——原注

无须吃惊，因为正是最近，西方学者才开始承认这些神秘因素确实存在的可能性。在高罗佩的年代里，绝大多数学者都会对此发笑，我想他也一样——这是当时学术界的严格信仰产生的结果。无法想象他会用上等布料将《易经》恭恭敬敬地包裹起来，除非是为了布料之美，或是为了向中国朋友表示出友善的姿态。我想有人会将他形容为性格外向之人。

一个是虔诚的神秘主义者，一个是讥诮的学者。或许好朋友一旦彼此分离，就会沿着不同的道路走向完全不同的地方。高罗佩不会为了取悦佛像而在自己的书房里烧香，也不会每天长时间一动不动地打坐修行。但是在我看来，蒲乐道大大低估了这位博学友人的深刻洞察力。高罗佩显然避开了神秘主义的陷阱，这些陷阱会将真诚的好奇者变为冷面圣人，在自我满足的迷雾中徘徊不前。然而他笔下的主人公，无论狄公还是亨德里克斯（出自他创作的唯一一部"荷兰小说"《天赐之日》），都是他本人的探索与追寻的有趣投射。或许我可以提供一些证据，用来反驳蒲乐道先生过于消极的怀疑。

1948年，高罗佩在东京书房内的留影

（此处的年代有误。图中上方可见"集义斋"三字，这是1935—1942年高罗佩先生第一次进日工作时为书房所取的名字，因此理应拍摄于这一期间。——译者按）

五

　　高罗佩之所以从未写过有关中国儒道佛三教的概论，其原因并非如蒲乐道所说的缺乏对"中心问题"的了解，在我看来，实则由于他相当睿智，明知这些问题就其本质而言极难把握，以至于无法用清晰的语言加以表述。在浩瀚无垠的宇宙中，在任何一个瞬间里，终极奥秘都可能蓦然显现，但却无法用文字去捕捉，智者由于谦逊而放下了手中的笔。不过，这奥秘始终出没于人类所有的规则与游戏之间，如果我们对它终有所悟并从此缄默不语的话，未免有些自私，甚至幼稚可笑。圣人说过，真理之光必须传递下去，但是我们务必小心谨慎，不要烧到自己的手指。

　　狄公绝非蠢人，如同其化身高罗佩一样，遇事惯于解析。他时常需要应对罪犯与顽固的同僚，身边总有无数愚昧的百姓，并且必须替这些百姓维持秩序，不过确实也数次遇见过以不同面貌出现的真正的智者。我们在《项链案》里遇到了一位道士葫芦先生。狄公与葫芦先生的相映成趣最具启发性。狄公骑着一匹骏马穿过阴森森的树林，

高罗佩：其人其书

当时天色已晚，光线渐变，狄公想到了在勤勉官员的外表之下真正的自我，随后便看到"真我"的现形。只见狭窄的小路上迎面走来一人，与自己非常相像，简直就是镜中映出的模样，不过仍有一个重要的区别，被飘动在林间的丝丝夜雾包裹着。狄公见状十分吃惊，几乎吓了一跳，这一人形似是由神秘的启示幻化而成。

幻觉消失后，现实取而代之。一旦二人面对面时，不同之处才变得显著。狄公更为年轻，个头更高，带着一把宝剑，而葫芦先生只有一根拐棍。狄公胯下的骏马远胜葫芦先生的小毛驴，狄公的皮制鞍袋便是葫芦先生的葫芦，里面装着泉水而并非贵重之物。但是狄公确实认为曾经看见了自己的纯粹本心。

这一事件交织在整部小说中，因为我们看到了存在着一种思考。葫芦先生代表着狄公个人的真正价值，但是其表现方式使得同一性并不明晰。他曾是一名高级军官，却遭受了对自身认同的强烈怀疑，从此顺天认命并出家隐居。狄公知道自己想要模仿他，但又悲哀地承认自己仍缺乏知识，尚不允许做出如此彻底的转变。

描绘这两种性格的各种场景是如此鲜明，使我们感受到高罗佩在揭示他本人的内心斗争。

深受敬重的大使（日本与荷兰在贸易上联系密切，

五

因此高罗佩的职位极高）留下了满满一抽屉画稿，里面是关于同一主题的各种不同表达。在每一幅画中，我们看到作者盘腿坐在山间小屋内，独自沉思着虚空，远离一心利己的尘世。他曾在许多场合里提到过这一梦想，甚至想在比叡山上找一个适宜之处，俯瞰京都附近广阔的琵琶湖，这是许多疲倦的天才们最爱的地方，是千百年来的隐居胜地。他想在此处度过余生，放空自己的头脑，充实自己的生活，可能是为了达到零界（zero condition）。这种状态曾经引起过宇宙大爆炸，继而产生强烈的混乱，至今难以解释。葫芦先生确实加强了这种可能，当狄公问他我们所有的麻烦是如何开始的，这位隐士借用了小说后记中提到的《道德经》❶里的话，念道："空，唯有空。"

葫芦先生作为道家高人，不会正式收弟子，不过命运无疑让狄公成为他的弟子。当他二人陷入危境、几乎被人谋害时，在一场打斗中，故事达到高潮。狄公曾经练过剑术，显示出不俗的身手，最终刺倒了几名杀手。与此同时，貌似无所作为的葫芦先生却更胜一筹。这老人虽然是个跛子——他骑马打仗时，马匹被敌人刺死，倒下时压

---

❶ 此书由高罗佩的同行及友人戴闻达（J. J. L. Duyvendak）教授译成英文。——原注（根据《大汉学家高罗佩传》所述，高罗佩在莱顿大学读书时，曾是戴闻达的学生，但是二人由于学术观点不同而相处得不甚融洽。——译者按）

高罗佩：其人其书

断了他的两腿——而且一直坐在板凳上，只用自己的拐杖比划了一阵。他对狄公解释说先使得自己变为虚空，因此可以反映出对手的一举一动。无论他们如何挥剑，剑尖总是被葫芦先生的拐杖挡住。最后，对手彻底筋疲力尽，倒在地上，葫芦先生毫不费力地将他们捆起，又拿布条塞入其口中。❶ 饶是如此，蒲乐道仍然断言高罗佩并不了解"金刚"的真正含义。

在其他狄公案小说中，还出现过别的圣人贤者，同样用表面上天真无邪、实则与潜意识不无关联的话语令狄公心绪不宁。

身为一名严格奉行儒家教义的儒者，狄公是令人尊敬的道德楷模。他所信奉的一整套礼法使得中国保持大一统长达几千年。他从不强烈支持相对观念，只在含蓄地自我辩护时稍稍流露一二。高罗佩通过描写狄公与精神上的强者们的论战，支持狄公的个性化。

在《迷宫案》中，高罗佩安排狄公与鹤衣先生论辩，甚至不曾指明这令人敬畏的隐士信奉的是道家还是佛家。鹤衣先生住在山间茅屋里，四周犹如仙境，盛开着许多兰花，乍一会面，他便立即向狄公表明自己并不仰慕那些在

---

❶ 此处所述的故事情节，与原作略有出入。

世路上汲汲以求之辈。书中有一段类似谜语的对话，或者更像独白（因为狄公看似有些愚钝），其中还有一首富有启迪性的诗歌：

> 长生门前两条路，
> 地蚓掘土天鹅飞。❶

面对如此一位高傲的长者，狄公不知该如何机智应对，只得告辞归去，一路上烦恼地喃喃自语。

在中国的禅宗修炼中，有一种师父戏弄愚钝弟子的游戏。师父讲出十分费解的谜语，戏剧性地引述某些言词（通常并非出于自创），冲着茫然无知的徒弟棒喝道："此话是何意思？你这蠢材，此话究竟是何意思？"其后的几星期里，徒弟会深感羞辱，因为自己的懵懂愚钝而遭到嘲笑，直到他想出另一句妙语（同样大可不必是自创的言词），足以超越师父那咄咄逼人的智慧。

我曾经花费过不少时间浏览东方智慧的典籍，试图寻找对鹤衣先生这双重选择的合理反驳，最后终于明白：我同样可以在西方文献中寻找答案。自然先生在其大弟子罗伯特·克朗姆的漫画中出现，当另一弟子弗雷吉·弗恩特（Flakey Foont）问起世间万物的意义时，这位导师回

---

❶　在《迷宫案》荷文本中，此处是天鹅，而在英文本中则是天龙。

答道："没屁意义……"❶

　　然而，狄公尚未精通由崇尚"道在屎溺"的禅宗所造就的神秘经义，尚不明白如何用文殊菩萨的一元论宝剑去刺穿二元论。

　　虽然遭到鹤衣先生的戏弄，狄公仍然相信非此即彼，并且悲伤地想到自己只能像蚯蚓一般掘土，而将青天留给鹤衣先生那样的逸士高人。高罗佩一定曾为自己日复一日的例行工作而郁郁不乐。他的一位同事曾经说过，高罗佩偶尔会发出叹息，遗憾地表示自己终究无法摆脱"佩剑之舞"，这似是他的宿命。

　　为了接受高罗佩的妙悟，最后再来说一说《中秋案》里的鲁禅师。他被人奉为贵宾，身份似是守寺僧，但是从未说明负责看管的是哪一座寺庙的哪一间佛堂。他精通书法，会由于用扫帚在纸上涂写妙语而被人称颂，总是故意摆出一副粗暴的态度，相貌丑陋，对任何人说话都是居高临下、浑不在意，因为本就四大皆空，所以不必患得患失。他还喜欢忽然乘兴作诗，一边挠着粗糙的面颊，一边打嗝放屁。他对狄公说道：

---

❶ "自然先生"（Mr. Natural）是美国漫画家罗伯特·克朗姆（R. Crumb）创作的讽刺性漫画人物，首次出现于 1967 年。

> 人皆归去所来处，
>
> 风烛烟消火灭时。

在高罗佩笔下，狄公仍是心平气和，对此不加评议，客气地问道："师父可否解说一下何意思？"

"却是不能。"鲁禅师断然答道。

此处再来讲一个禅宗师徒交锋的故事，师父引用了藏在座下的一本书里的话：

> 师父指了指点燃的蜡烛，端起后一口吹灭。
>
> 房内骤然变暗。
>
> 师父的声音响起，在黑暗中格外具有戏剧性："光去了何处？"
>
> 徒弟说："呃？"

师父将会要求徒弟最终展示正确的答案，即拿起火柴、点燃蜡烛，此举表明他完全不在意烛火熄灭的哲学意义，只知道自己有能力驱除黑暗、带来光明，于是会有此举动。鲁禅师走得更远，暗示我们每个人都将回到起点，回到空寂。这是非常高超的智慧，不过对狄公并不十分适用。狄公想要找到线索，于是询问鲁禅师。狄公十分紧张，鲁禅师却冷笑一声，摇晃一下肥硕的身躯，用"一双硕大而凸出的蛤蟆眼"直盯着狄公，说道：

别指望贫僧会出手相助。在我看来，人世间的正义公平，只是微不足道的权宜之计。贫僧可不会帮你去捉拿凶手！杀人者总是作茧自缚，虽比旁人更多算计，然而终是徒劳，无一可以逃脱！

　　狄公（与高罗佩及其读者一样，同为中产阶级的一员）被鲁禅师粗暴的言语所激怒，这种反应完全可以理解，因为身为县令，不能用模糊不清的理论来行事。狄公赞同由宗教或国家发布的清晰的法令，遵从规范明确的儒家德律。世事太平安乐，帝王是万民之圣父，秩序将会永存，公平至高无上。责任、勤勉和奉献是对父母、师长与东家所表示的尊敬，所有这一切都会继续下去。作为掌权者，狄公的两手既充满慈爱，也坚强有力。这个肥胖邋遢、两眼凸出的鲁禅师竟然说我们可以忘记世间的公平？高罗佩书中的圣徒不会考虑我们俗世中的邪恶势力，不过他们过得很愉快，就像高罗佩本人一样。高罗佩认真地进行学术研究时，也过得很愉快。他从不执着于某种特定的信仰，但是也不会忽视，并且很好地利用了蒲乐道提到的那些"神秘的"宗教因素。

六

当打字机咔咔作响时，作家往往会袒露自己惯于隐藏的精神世界，即使高罗佩这位受人尊敬的学者与外交官也是如此，在作品中多少有些自我流露。写于1949—1950年的《铜钟案》里并无过多有关性的内容，但是在写于1950年的《迷宫案》中，这些因素明显增加。高罗佩曾经写下一则注解为自己开脱，如今收藏在波士顿大学缪加尔图书馆的蓝色纸盒中：

> 我不得不给许多喜爱此书的女读者回信，她们总是询问是否能将狄公刻画得"更加温情脉脉"，毕竟他是个很有魅力的男子：双肩宽阔，蓄有一副飘洒的美髯，家中虽有三位夫人，但是时常外出公干，所以……好吧，我只能说我已经尽力了。

从头翻阅厚厚一摞狄公案小说时，我们可以找出一些诱人的场景。狄公走在热闹的花街柳巷中，为了捕获一名杀人凶手而搜寻线索，一个妓女表示愿意主动提供消息，但是可能会危及自身安全。为了不使这位迷人的女郎受到伤害，狄公决意假扮成主顾前去探访。女子脱去衣裙，在床榻上摆出妩媚的姿态以示邀约，狄公却只是躺在一旁，身心都保持冷静。在另一本书中写到另一个姑娘，而狄公仍是老样子。又是为了打探消息，姑娘带他出去划船，天气炎热，姑娘在闲聊中道出了与案件有关的情形，令狄公豁然开朗。就在同样炎热的夜晚，姑娘想要凉快一下，于是脱衣游水，忽然想起有事本应告诉狄公。此时狄公正坐在岸边，专注地用力洗刷着沾在鞋上的泥巴，以此抑制住自身的欲念。高罗佩（他曾经说过：我就是狄公）也有过这样超然的举动，使得更高级的自我保持纯净。

高罗佩在小说中附有阐述史实与资料来源的前言❶，我们读过其中一篇后，就会知道中国县令总是工作过度，虽是由皇帝任命的、当地最高权威的化身，但是仍会将相当一部分权力交托给下属。主管治安的本地捕快与乡民有着密切的利益关系，因此不可十分信赖。县令另有自己的亲信，这些人一路跟随他辗转各地。

这些亲信随从是县令的左膀右臂，不但替他出谋划策，而且与他志同道合。像狄公这样出类拔萃的人物，自

---

❶ 此处应为后记。

然不会满足于资质平庸的随从。他确实赢得了最佳人选，当马荣乔泰意外出现时，他慧眼识人，看出二人绝非等闲之辈。乔泰原是一名军官，出于义愤而抛弃军职，与败类上司一刀两断，后来和马荣结为绿林兄弟，行侠仗义，劫富济贫，误以为狄公也是昏庸无能、可以榨出油水的贪官。他二人虽然武艺高强，却比狄公稍逊一筹，从打斗中发觉狄公剑术超群，由此想到唯有品德高尚之人才能练到这般境界，于是甘拜下风，主动投效。

高罗佩很乐于描写几名随从的经历。想象总与我们意识和潜意识层面的欲望相互关联。这些随从为他所钟爱的主角人物提供了更多实质内容。

身为作者，高罗佩不能期望读者相信如狄公这样清廉正直的高官会行止有亏，因此狄公必须遏制自己的欲望，但是其随从拥有更大的余地，可以用许多篇幅来加以渲染描摹，当然是在符合时代特色、符合中国人观念的适度范围之内。这些随从是地位最高的捕快，但是并未滥用手中的权力。马荣每到一处，都乐于和侍婢仆妇、烟花粉头、歌妓舞姬们谈情说爱，书中也有过一些关于此类艳遇的详述，不过仍是保持在适度的范围之内。马荣性情爽快，更具"阳"性特质，与乔泰"阴"的一面相得益彰，后者的表现则更加含蓄微妙。

马荣性格外向，乔泰十分内向。马荣终得美满结局，娶了一对孪生姐妹，二女皆是容貌美丽，性情和悦，宜室宜家，只是不通文墨，家中必会其乐融融。

马荣时常略带喜剧色彩，乔泰则恰恰相反，其结局也是悲剧式的——为保护狄公免遭毒手而殒身剑下。马荣的艳遇多是急色贪欢，带有滑稽的意味，乔泰的情爱经历则多少有些不同寻常。他相貌英俊，性情坚韧，其健硕的身材、冷静的眼神、敏捷的身手以及沉稳有礼的举止，令女人们趋之若鹜。然而他当真想要被人所爱吗？这一人物必是诞生于高罗佩心绪宁静、纵情遐想的时候，独自漫步在心中的奇异世界里，或是退居一隅、沉浸于学术研究之中，或是坐在使馆花园的一个隐秘角落处，手挽一只同样离群独处的长臂猿，一起聆听阵阵松风。

有一首描述夏日清凉晚风的诗歌《浜之松风》，高罗佩将它译成了英语：

"她会来吗？她会来吗？"

我漫步海滩，心中思虑萦绕——

然而眼前一片空寂

唯有松风轻啸

我们男人终极追求的究竟是谁？终极的爱人将会带

来神圣的答案，她的拥抱将会撕开蒙昧的面纱，我们将一同化为天使。乔泰一定寻找着"她"，或许在即将辞世时方才找到，当他手持狄公的宝剑进行最后一战时，体会到了终极自由。❶

一位喜爱狄公的侦探朋友曾对我说过，他怀疑高罗佩曾与孪生姐妹或是类似孪生姐妹的两个女子有过很深的情感纠葛。马荣娶了一对孪生姐妹，然而作为高罗佩的另一个投影的乔泰竟也有过类似遭际，这一点引起了他的注意。

《广州案》讲述了乔泰如何遇到孪生姐妹达娜和丹娅，这一对中国与波斯的混血儿聪明美丽，极具艺术和抽象思维的才能，精通波斯语、阿拉伯语和两种中国方言。她二人巧妙地施展魅力，千方百计地撩拨乔泰，并且颇有进境。但是作为一个与现实疏离者，乔泰发觉她们的双倍魅力略显咄咄逼人，于是得体地抽身而退。

"请注意，"这位侦探朋友说道，"我可以接受一对梦幻般的孪生姐妹，甚至遭遇一次双倍的乐趣，但是不会使其改变生活。我绝不会娶她们做妻子，而马荣这么做了，对不对？马荣代表粗豪的一面，但是乔泰性情沉静，让我

---

❶　此处的描述与《广州案》中的情节略有不符。

很感兴趣。如果你问我，我会说他要胜过马荣。他保卫自己的上司、自己的主人，包括自己——还要接着说下去？——后来他救了狄公，自己送了命。乔泰也想要追求一对双胞胎吗？不会的。世上一定当真有过这么一对孪生姐妹。"

或许果真如此，或许确实有过。时至今日，她们应是垂垂老矣，高罗佩倘若在世的话，如今应有七十六岁。那已是陈年旧事，一段昔日的甜蜜回忆，隐藏于其他回忆之下，如同堆积在林中地上的无数落叶，彼此交织纠缠，一并化为沃土。我对侦探朋友说了以上这番话，他听罢若有所思："不错，一对孪生姐妹。不过一个男人不能同时与两个女人结婚，我们的法律不允许，不知在中国会怎样？"

所有这些都是关于情爱的令人愉悦的一面。高罗佩同样要应对令人不那么愉悦的一面。败在狄公手下的许多恶人都是性变态者，某些案件也是由于变态的性欲望而引发的。侦探文学常常利用变态这一泥沼，但是在高罗佩的小说中，我们可以相信他所说的情形。他利用的每一个案件素材，都曾在中国切实发生过，并经过彻底调查与合理分析。1961年6月出版的杂志《书架》收入了高罗佩的一篇文章，其中提到：

六

我将自己在东方的许多亲身经历融入了小说之中，这一说法是合情合理的。有一张照片（一位中国老人身穿宽袍，头戴丝帽，脸型瘦长，若有所思的两眼静静注视着相机）中的人物，是我1946年离开重庆后在北京遇到的一位道长。当时我在著名的白云观内，这座道观规模宏大，建有上百座亭台楼阁，这张快照拍摄于其中的一处。此人正是观中住持安世霖。我对他一向很有好感，但是后来听说有些年轻女子不幸落在他手里并遭到虐害，他也因此被正统道士们活活烧死。当时共产党的军队正逼近北京，时局混乱，因此未能进行详查。我将这一事件与某些事实隐晦地写入小说中。

我发觉此书❶令人不安，尤其是意识到各种肉体与精神上的折磨确实发生过，并且高罗佩完全有资格描述中国人心理阴暗面的时候。他比一个真正的中国人更容易描述这些邪恶又迷人的场景，因为作为一个外国人，他可以在观察时不加入过多的个人感情，从而看得更为清楚。

芝加哥大学出版了四种狄公案小说（《湖滨案》《铜钟案》《铁钉案》《黄金案》），以此作为中国学术研究计划

---

❶ 指《朝云观》。

的一部分。《中国古代房内考》（莱顿博睿出版社）也在持续刊印。文学与心理学的各种分支是互为补充的学科，比起其他西方汉学家，高罗佩很可能花费了更多时间与精力来研究中国人的性驱动力。他曾私人出版过一部242页的著作，名为《秘戏图考》，只印了五十册，分赠给世界各地的同行。我曾在哥伦比亚大学见过一本，并为此花费了几个小时，愉快地阅读高罗佩一丝不苟的清晰字迹。由于很少有人知道中国春宫画，更多关注的是受其启发而形成的日本色情艺术，因此这部1951年的著作具有特殊价值。直到二十世纪初，日本女子出嫁时，仍会收到一本类似《花营锦阵》的图册，以便与其夫君一同欢度良宵。这类书籍如果没能用于正途，就会被视为色情文学，并由鉴赏家们收藏。高罗佩指出这种想法大错特错，并向我们证明他有幸发掘出的这些中国版画（实为绘画的印版，他利用这些印版自行印出画页）在许多方面不但没有害处，而且极具价值。首先，它们是中国套色印刷的精品，这种艺术形式兴起于1570年，衰落于1640年，历史颇为短暂，由起初小心翼翼的尝试发展到完美的境地，继而最终衰落，从北方庄严的都城一直流传到纵情声色、更富情怀的偏安之都南京。高罗佩在书中指出，唯有从这些春宫图中可以看出中国画家实则深谙如何描绘全裸人像（世人曾经以为中国艺术中完全不存在裸体）。他还断言其中存在着有价值的社会学因素。通过研究这些图画，我们发现中国画不会正式展示贴身衣物（例如内衣、袜子、紧腿裤等等）。另外，画中的家具提供了关于中国古代室内装饰的信息，甚至还有各种性爱体位的医学功用。

作为高罗佩的忠实粉丝，我乐于相信他的这些说法。

对于今天的读者而言，这些古代图画所附的诗词或许有些滑稽。我们耳闻目睹一家之长如何与妻妾、侍女、奴婢翻云覆雨，并不停地渔猎新人收为己有。有一幅诗配画的题目是《射雏鸡》，描绘一个情场老手与一个处女的初次欢会。正如诗中所言，她们会"清泉流出御沟咽，也难休歇"，丈夫恰似仙翁（正如中国古代传说中所言，他们长生不老，随时都会跃起飞升），"甚是无情，绑带煞地强烈"，然而结尾处不无恶意，作者怜惜地感叹道"无端流血"。

就算所有这些内容非常具有教育意义，但是和尚去信徒家中秘密私会，又该怎么说呢？这实在是……在中国古代，和尚一向具有特殊的名声，比起打坐修行来，他们更乐意与妇人淫乱，手中拥有巨额资财却能狡猾地逃税，并善于欺骗普通信众。从所附诗歌中，我们得知和尚就像"游蜂恣择采"，幸运地遇到"牡丹心欲开"。

书中还包括没有附图的诗歌，同样表达出美貌少女盼望嫁为人妻的心情，咏唱着"邂逅承际会，得充君后房。情好新交接，恐栗若探汤"，"思为莞蒻席，在下敝匡床。愿为罗衾帱，在上卫风霜"，又如何"衣解巾粉御，列图陈枕张"❶，但是其母是否真会授予她绘有和尚与信女交欢的春宫图，这一点着实令人怀疑。对于女子来说，不贞毕竟是一桩大罪，而男子则不必有此顾虑，因为他完全可以随心所欲。

如今的中国虽然再度变得宽松，但仍是一个拘谨守礼的国家。从历史看来，中国的性习俗曾经自由而快乐，直到唐朝以后出现狭隘思想。高罗佩指责那些再度检视古代儒家典籍的人们误解了有关两性隔绝的陈旧禁忌，于是在公元十世纪左右，类似加尔文主义的阴影降临到中国，在十五、十六世纪，更为先进的思想重又占据了上风，然后再度受到压制——令人感到意外的是，这并非出于清朝皇帝的意愿，而是汉人自己的严格约束，并想要设法将其强加给统治者。

在整部书稿中，高罗佩提出中国人在十九世纪甚至二十世纪的拘谨行为，并非像某些西方观察家们所声称的

---

❶ 此处引用的诗句出自张衡《同声歌》。

意在掩饰"腐朽的藏污纳垢之地"。恰恰相反，他赞赏私下行乐的态度，尽管也承认存在某些变态行为，尤其是在道德败坏的道士中间，他们采用卑劣的法术来吸收女奴的"元气"，施行一种残酷的性榨取。在中国古代社会里，西方流行的类似鞭打的性虐恋游戏从未被人赞赏。当我们了解到中国上层男士不但坐拥多名妻妾，还可以直接占有美貌的下层侍女时，难免会感到惊异。从一些论辩中，高罗佩断然得出结论，即中国古人没有任何理由应为其性生活而感到羞耻。

中国人当然不会。他们怀有一种优雅的温情，类似从不展示女子的裸足。上层女子为了养成一种妩媚多姿的步态，不得不忍痛缠足，因而造成脚骨变形，看去相当可怖。

高罗佩本人无须因为对这类事情的强烈兴趣而感到羞耻。对于纯真之人而言，一切事物都是纯真的。他曾在《秘戏图考》第一页中引用了《薄伽梵歌》：

> 主说：
> 可在万物中领悟我
> 在我中领悟万物者，
> 永不会失去我

也永不会为我所失。

早在二十世纪五十年代，高罗佩就被贴上了"色情文学家"的标签，这使他颇觉困扰——当时的西欧仍是风气拘谨。我遇到过一位在哥伦比亚大学教授中文的瑞典籍教授，曾与高罗佩有过一面之缘。这两位学者原本相约要花费数日、一同研究几部艰深晦涩的书籍，但是两人乘坐的航班都有延误，结果只有几分钟时间得以相聚。高罗佩适时发表了一个引人注意的说法，他严肃地说道："教授，我极其热爱纯粹的色情艺术。"

他还对其他行为深有兴趣，因为性爱并非是人类低级欲望躁动勃发的唯一动机。凡是研究过其他文明的人，很快就会注意到法律的隆重登场。高罗佩在这方面的研究，以其对中国十三世纪县令手册《棠阴比事》的翻译和论述而达到顶峰。

七

1967 年，高罗佩的胸痛再次被诊断为肺部综合征，此事终于引起了他的重视，于是坐飞机转回海牙复查，并寻求可能的治疗方案。就在那时，他一定感觉到自己时日无多，因此不辞辛苦地口述了一份长篇记录，后来印成三十页的小册子，其中不但说明了狄公案系列小说的起源，还阐述了一些富有创意的想法：

> 我很高兴英国海涅曼出版社请求我继续创作这一系列小说。我已经清楚地认识到，在过去的十五年里，写小说已成为我工作中重要的一部分，在某种意义上，已变得与我的学术研究同样重要。进行汉学研究使我能够继续从事外交工作，因为在外交工作中，我们总是忙于处理最具暂时性的事务。学术研究提供了一个令人愉悦的别样选择，甚至是一种逃避，因为在科学领域里，我们所做的一切都具有某种永久价值，甚至包括我们所犯的错误，这些

高罗佩：其人其书

错误可以使得其他人日后取得进步。但是，在科学研究中，尤其是进行严肃探索的时候，我们会成为事实的奴隶，必须严格排除一切想象。然而在写小说时，作者可以自由创造属于自己的事实，可以随心所欲地发挥想象力。正是因此，写作"惊险小说"已成为我不可缺少的第三项工作，令我得以放松，从而继续保持对外交工作的兴趣，并充满活力地进行学术研究。❶

他在此处想说什么？自己为了养家糊口而不得不做外交官？他已然厌倦了外交界的鸡尾酒会？为了逃避工作中的浅薄与繁琐，他乐意退居一隅、埋头做学术研究？厌倦了苦苦研究纸上干巴巴的事实，他再次逃避到小说写作之中？唯有在小说里以狄公作为伪装，他才会变得自由？从什么地方获得自由？从自我纠结中吗？

这些或许并不完全真实。任何一个诚实的小说家都不愿承认自己是笔下人物的奴隶，而这些人物正是由他亲手创造出来并赋予了生命。高罗佩也同样受限于狄公严格的道德观和用来保护自我、如同护身盔甲一般的自

---

❶ 此处提及的长篇记录，推测当是美国波士顿大学缪加尔图书馆收藏的高罗佩《狄公案小说备注》一文，可参见上海译文版《中秋案》附录二。

负，于是他再次逃避，就像一个正直仁善的狄公也能变成了一个恶魔，迫使其作者继续前行。然后他又将自己投射在一个孤独的思想者身上，一个用儒家教义来追随道家、领悟到内心自由的佛教徒。在这里，我们看到了一个比叡山上孤独的灵魂，从隐居之处俯瞰着波平如镜的琵琶湖。

"空，唯有空。"葫芦先生说道。

"像天鹅一般飞翔在青天里。"鹤衣先生说道。

"复归本源，那正是吹熄蜡烛后光的去处。"鲁禅师说道。

这一说法似是指向终极宗教体验，我们在此放弃了自己的灵魂和所拥有的一切。然而高罗佩仍在写作，葫芦先生和鹤衣先生也都很忙碌，从事着圣人的日常事务，因为相对的轮回只是绝对的涅槃的另一面。狄公暗自钦敬的那些自由的灵魂，行事也充满智慧，但是生时都不得解脱。葫芦先生骑着那头疲倦的小毛驴，不停地四处漫游。鹤衣先生培育新品兰花，用来装点乡间居处。鲁禅师不得不用扫帚蘸墨，在一张又一张白纸上题字。这些人无疑都是智者，先教导高罗佩，最终教导我们。拥有最高智慧的哲人、圣人、得道高人们以人性作为面具，想要追随这些超凡脱俗者是非常困难的。

高罗佩的著作中还有一本书，是关于级别较低的智者，属于逻辑依然发生效力的生活层面。在《棠阴比事》这部有关司法断案的书中，他介绍了一些新导师。这部著名的中国古代案例选集在1211年由桂万荣编辑而成。桂万荣笔下的模范人物，正是中国古代的贤明县令，引用前言里的一句话，他们最大的愿望莫过于"除恶扬善，去伪存真，引蛇出洞，惩办有罪之人，切脉验明生死，擦亮公平之镜，使其映出美丑"。

　　大多数读者都不会对这些理想化的描述持有异议，但是或许会格外注意桂万荣提到的"理想社会"。我们再次回到纯粹灵性，借用道家的说法，理想的统治者是无为而治："南面而坐，沉思默想，与天地相通，以圣德确保天下太平。"

　　这么说来就没有一点麻烦？自然还是有的——高罗佩代替桂万荣解说道，圣贤太少，君王太蠢，正如当今一样。他们的法律和统治工具皆是"散发着粗鄙之气"，理应被品味高雅的士大夫所忽视。

　　他们并非智者，这一事实证明了粗鄙的法律完全有必要存在，即使它只是真正法典的不完善的表现，这些真正的法典"静默地存在于每个人的真正洞察力的深处，从来不应被说出"。

ROBERT VAN GULIK

棠 陰 比 事

T'ANG-YIN-PI-SHIH

"PARALLEL CASES FROM UNDER THE PEAR-TREE"

A 13TH CENTURY MANUAL OF
JURISPRUDENCE AND DETECTION

TRANSLATED FROM THE ORIGINAL CHINESE
WITH AN INTRODUCTION AND NOTES

BY

R. H. VAN GULIK, LITT.D.

（高 羅 佩）

LEIDEN
E. J. BRILL
1956

《棠阴比事》英译本1956年初版封面

我们遇到许多"应该""可能"和"将要"，因为在此处要从自身的低级层次出发去应对现实。《棠阴比事》是一部出色的案例集，共收录有144个罪案，破案过程非常精彩，迄今仍有指导意义。

高罗佩也借用了书中的案例。狄公案系列小说的每一个热心读者都会记得曾有一具死因难以确定的尸体，狄公本人并不具备医学知识，于是召来经验丰富的仵作加以检验，但是仍未能发现死因。

事情变得更加复杂，已娶了三房夫人的狄公爱上了仵作之妻，这个聪明美丽的女子也爱上了他，但是同时也爱自己的丈夫，一个忠厚正直的驼背男子。此事非常棘手，因为侦探不能爱上嫌犯。如果她成为嫌犯，又将如何？

狄公因为对另一名女嫌犯用刑而深陷困境，此女也很有头脑。依照中国古代的法律，只要嫌犯确实犯下罪行，对其用刑就是完全正当的。肉体和精神上的刑罚可以促使犯人招供，没有招供就不能定罪。狄公凭借直觉，认定死去的男子因为被人谋害而身亡，凶手正是其妻，但是她矢口否认，接着又指控身为县令的狄公行事不当。如果狄公被人控告在不必要时故意用刑的话，就会人头落地。眼前的情势陷入僵局：狄公的上司眉头紧皱，老百姓窃窃私语。这时仵作之妻对狄公低声道出应去查验尸体的头骨。当时还没有 X 光透视，狄公不可能知道有一根长针钉入了死者的头颅。仵作之妻是如何知道此事的呢？

狄公发觉自己破获了两桩谋杀案。仵作之妻曾经做过寡妇，曾用同样骇人的方式杀死了她的第一个丈夫。

狄公该怎么办？判这位温文美丽（她的前夫是个蠢笨的酒鬼）、为自己所爱慕（狄公敬重她的丈夫，因此不能娶她）的女子犯下必死之罪？狄公万分焦虑。

结果女子自尽身亡。

这个极其微妙而可怖的故事正是高罗佩从《棠阴比事》中挑选出来，并加以巧妙利用，充分表达了"人性的困境"（我们真会被迫去做邪恶之事？）。狄公案小说中的其他一些故事也是从这部不甚出名的书中提取加工的，高罗佩总在脚注、前言或后记里说明出处。此书已经绝版，但是我曾见过一册，自己也曾使用过其中几个故事❶。

为了让读者理解这些故事，我随意选择了以下几则：

---

❶　见《斋藤侦探的小小开悟》。——原注

迹賊

偕年不嗜醫而為坐客既齊且其後巡數尚

多欲為他日離異逃死之計爾士自行然見藥本重

鄭克曰凡善鞫姦者必善體情也若不得

其情則後必離異而每人得計矢推鞫之

際戒在疏略是故漢史捕嚴延年之淹獄

也文案愁密亦可得矣離酷吏血無足道然

於卅一節亦有取焉耳

唐中書舍人郭正一破平壤得一高麗婢名

玉素極姝音撫艷令傳知財物庫一夜逃

漿水粥非玉素孰之不可玉素乃壽之良久

日本汉学家林道春（1583—1659）的《棠阴比事》抄本内页

《南公塞鼻》：尚书李南公为河北提刑时，有班行犯罪下狱，案之不服，闭口不食者百余日。狱吏不敢拷讯，甚以为患。南公曰：我能立使之食。引出问曰：吾以一物塞汝鼻，汝能终不食乎？其人惧，即食。盖彼善服气，以物塞鼻，则气结不通。是以自服。

《次武各驱》：周于仲文，字次武，为赵王属安固太守。有任杜两家各失牛，后得一牛，两家争之，州郡不能决。益州长史韩伯携曰：于安固少年聪察，可令决之。仲文乃令两家各驱牛群到，及放所得一牛，遂入任氏群。又使人微伤之，任氏嗟惋，杜氏自若。杜即服罪。

《妾吏鸩宋》：范忠宣知河中府，有知录宋儋年，会客罢，以疾告。是夜暴卒。盖其妾与小吏为奸。公知死不以理，遂付有司案治。验其尸，九窍流血。因言置毒鳖菜中。公问鳖在第几盏，岂有中毒而能终席耶，决非情实，命再劾之。乃因客散置毒酒盏中而杀之。盖罪人以儋年不嗜鳖而为坐客所并，欲为他日翻异而逃死计耳。

人性之恶不可能改变太多——我们可以毫不费力地进入公元七世纪时中国判官的世界。断案的方式确实改变了，唐代的善恶之争不可能使用电子计算机、化学实验室和人造卫星即时发送的信息，不过仍有心理学方面的斗智斗勇。狄公觉察到疑犯的下意识恐惧，有时会假装成阎罗王，带着扮为牛头马面的随从悄悄潜入疑犯的牢房，也会使犯人筋疲力尽，然后突然像充满善意的朋友一般从容靠近。幸好他本性正直，因此我们尚可接受这一惯用手法。

　　至于鬼怪成分——鬼怪也是真有的，中国古代故事里常有鬼魂作证，甚至出现在公堂上，但是高罗佩仅让它们出现在幻觉里。当鬼魂在狄公面前显形时，一般依照以下步骤：

　　1. 鬼魂引起了狄公的注意，狄公受到一些惊吓。鬼魂的行动似是暗示在某处发生过不法行为。

　　2. 狄公查看暗示的情形，找到一名疑犯。目前再未提及鬼魂。然后谜团解开，疑犯果然有罪，所有证据都是合法且光明正大的，原因和结果完全符合逻辑。在故事的结尾处，鬼魂再次被提及，但是狄公设法证明其实并非是真正的鬼魂。在某一案件中，实为纸灯笼上的一

七

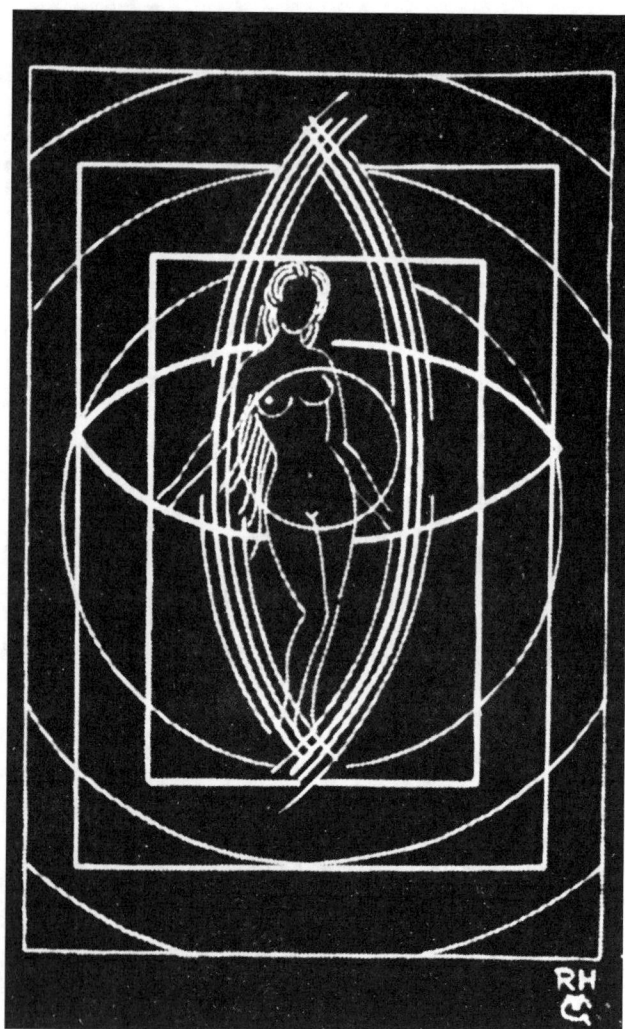

高罗佩手绘的《天赐之日》插图

块污迹，被灯笼发出的光亮投射出去，活像是花园墙面上的一个人影。或是一阵疾风吹过一根管子，发出近似人声的声音。事实如此，再无其他，读者大可放心就寝入睡。

3. 当一切看似安然无恙时，鬼魂突然重又出现，向狄公表示谢意。

狄公在历史上确有其人，狄公案小说也以历史故事为中心。如此说来，高罗佩并不是原创作者？当然仍应属于原创。他将学术书籍中的种种细节融合在一起，其精妙程度与独创性无人能及。

在其过于短暂的一生中，高罗佩后来又写了一部当代荷兰人勘破罪案的小说《天赐之日》❶。此书的故事大多发生在阿姆斯特丹，时间是二战结束后不久，与东方有所关联，因为主人公曾在爪哇受过日本宪兵的折磨，另外还与高罗佩曾经任职数年的中东有关。

---

❶ 1984 年，由丹尼斯·麦克米兰出版社发行精装本美国初版，共 300 册。1986 年，该出版社发行平装本美国初版。——原注

八

在阿姆斯特丹的一家酒吧里，高罗佩与一位小说家讨论文学艺术时，曾说过"我就是狄公"。他的说法无疑接近真实，他所说的话总是习惯性地基于科学研究，并且曾在许多笔记中提及潜意识经历。

"每个人都是多面的。"❶这句话是希腊人从埃及人那里学来的。人的性格总是复杂的。

高罗佩认识到了自己性格中的"荷兰人"成分，并且加以确认。生活在荷兰时，经由他本人的许可，这一部分性格处于主导地位。海牙的荷兰文学博物馆里收藏的访谈记录可资为证。

从年久泛黄的报纸上，我们得知"他身材高大，穿一身灰绿色西服套装，系着一条有点孩子气的红格子领带，一张圆脸（小小的金丝边眼镜后面是一双深色眼睛）多少有些神秘，很难归入通常所知的某一类人中，短短的髭须和一撮山羊胡更是加强了这一效果"。

看去有些神秘？为何会如此呢？记者似乎毫不费力

就描摹出了这位名人。

高罗佩说话时平易近人，没有一丝预想中的自负和高高在上。我们得知他已想不起早年在聚特芬时的生活，唯独记得一件事——曾经掉入池塘。他还提到一次眼部手术，虽然失明了好几周，但是以"观看自己头脑中产生的清晰画面"为乐，记忆像精彩的电影一般显现，令他十分着迷，后来视力恢复时，几乎感到有些遗憾。

这是 1964 年的访谈。当时高罗佩正在荷兰外交部忙碌地工作，在位于海牙胡弗街 88 号的舒适住宅中度过愉快的时光，业余爱好占据了他的大部分闲暇时间。他还对记者说，有时会去几家俱乐部。另一次采访提供了这几家俱乐部的名字，有"海牙艺术圈"，服务于爪哇原居民的"通通"（Tong Tong）协会，上流绅士参加的"荷兰艺术协会"（Pulchri），还有名为"每日修炼成知识"的聚会。

所有这些带有低级意味的"荷兰式"活动具有压迫性。他对此有何感受？无法摆脱且受到束缚？是否应当在一部小说中告诉我们呢？

他的确这么做了，就在《天赐之日》中。此书的副书名为"一桩阿姆斯特丹谜案"，被列为范胡维出版社的

---

❶ 原文为 Each man is legio。legio 是希腊文。

"克雷默口袋本"系列书籍第四十九册，这一系列已被人遗忘。一位友善的书商告诉我，此书的荷文本刚一问世便惨遭失败，后来被廉价出售。英文初版在马来西亚私人印制了300册，从未广泛发行过，大多已经遗失。"即使如此，我还是喜爱这本书。"他将自己拥有的一册借给了我。

1984年，此书的美国初版只印了300册，1986年又推出平装本，希望能赢得更多读者。

高罗佩邀请我们见证了他性格中的另一面，这次化身为二战后被遣返回国的一名荷兰前殖民地官员亨德里克斯。此人四十岁出头，在阿姆斯特丹租了一间陋室居住，屋内墙纸剥落，天花板的漆面已成斑驳，四处弥漫着房东太太煮饭的味道。周末来临时，他无事可做，唯独感到恐惧，恐惧使他跪在卫生间里并产生幻觉，集中营里的日本看守仿佛就在身边——那些邪恶的阴影就在外面的街巷里，还有更多阴影在码头的细雨中游走。就在不久之前，预备役上校亨德里克斯曾饱受饥饿与毒打的煎熬，日本宪兵上校植田将亨德里克斯误认作是与他同名的掌握秘密情报的间谍，并耐心地试图撬出这些秘密，不愿承认它们其实并不存在。后来，即使酷刑折磨也变得乏味，两个上校在行刑暂止时彼此交谈，植田对亨德里克斯道出自己曾在日本学禅，严格的禅宗戒律向来缺乏怜悯之心，其静坐冥想的修炼方式（在四面透风的寺庙里，貌似和尚的守卫会监督并痛打那些意志软弱者）被融入了对日本盖世太保的训练中。戒律十分完备，虐待狂宪兵甚至在真正的禅师门下学习过。禅师看着众弟子，向他们提出一些谜题，即著名的禅宗公案。一个正确的答案意味着永久的领悟，意味着从自我束缚中解放出来，从此走入涅槃，因为什么都不会失去，业已获得了一切。

亨德里克斯对此表示出兴趣，展开抽象的论辩总要好过被人踢裆。尊敬的宪兵上校遇到的高妙无比的谜题是什么呢？

植田很难过，因为他没能解答出这一谜题，没能解开公案，也就永远不能摆脱狭隘自我的约束。他的师父让他**融化富士山顶的白雪**。

"然而那是永恒的白雪！"

"说得对。"

"你不能将它融化。"

"说得对。"

听来完全不合逻辑，不在人类思维的范围之内。然而白雪终将融化，一切事物都不会永存，一切都是梦境，生活就是一场梦中之梦。我们必须从梦中醒转，从使我们一次次沉入苦海的轮回转世和再生中解脱出来。

一切事物确实都不会永存，高罗佩深知这一点。他失去了自己收藏的艺术品，总是受命迁居各地。当写作这部有关亨德里克斯的小说时，烟草正在侵蚀他的健康。植田上校同样濒临死亡，脖子上套着绳圈。英国人解放当地后，查明日本宪兵犯下了不可饶恕的战争罪行，于是对他判处死刑。

亨德里克斯向这个昔日行刑者道别，希望他一路走好，不要心怀怨恨。植田上校报答了昔日受害者的怜悯，告诉他自己未曾解开的公案。当日本人在临终前喉头咯咯作响时，荷兰人口中念念有词，将富士山的白雪刻入记忆之中。

这究竟是怎么回事？冷酷无情的不信教的作家高罗佩（正如信佛的学者蒲乐道所言）将钥匙从一名佛教徒传给了一名基督徒，后者在书中卷入了阿拉伯黑帮（包括一个虔诚的恶魔酋长与他作恶多端却又信仰坚定的手下）的阴谋。在亨德里克斯成为真正的英雄之前，所有人物都在不断进行灵魂追索。如同侦探文学里的大多数男主角一样，他也可以在故事结束时得到奖赏，即一个漂亮女人。这女人有意相就，但是他让她获得自由，回到了真正的爱人身边。可怜的亨德里克斯疲倦不堪，遭人毒打，在黑暗潮湿的阿姆斯特丹城区里经受了所有这一切，最终鼓起勇气让自我消散成空，从而使得冻结自身灵魂的永恒白雪得以融化。

荷兰文学评论家们非常恼怒。这完全是异端邪说，禅是什么东西？新近流行的某种宗教吗？他们对于此书的主题全不了解，就把它归入仅仅用来分神消遣的低俗小说之列。虽然高罗佩的创作在其他国家受到欢迎，他们仍然长篇大论地阐释这些作品不能被称为"文学"，甚至还说某些有趣的素材不能被真正的作家所利用，实为憾事一桩。

这些评论家还对书中的细节加以抨击。亨德里克斯怎么可能在1942年开吉普车并使用斯坦冲锋枪？那时候这些东西还没有被生产出来。为什么阿拉伯黑帮人员说话如此怪异？他们是同性恋吗？所有这些匪夷所思的事情怎么可能发生在荷兰呢？荷兰平静祥和，什么事都不曾发生过。

在某些评论家的头脑中，确实没有多少事发生过。高罗佩在此书中的自我袒露要多过其他任何一部作品。作为面具，亨德里克斯比狄公更加适合高罗佩。为了理解中国古代的人性问题，高罗佩必须付出更多努力，而走入昨日的荷兰背景则要相对容易许多。狄公不可能溜进荷兰酒吧，"闻着杜松子酒的香气，潮湿的衣服、烟草和锯末的味道，在两只胳膊肘之间找到一个空位"，高罗佩则像亨德里克斯一样，在古色古香的酒吧里，在斑驳的灯光下，举起高脚杯品尝荷兰杜松子酒。他一定在那里漫想过自己已是不久于人世，而自己的影子亨德里克斯却仍会在四近徘徊，在读者的心中赢得心理战的胜利。

另有一位荷兰作家曾在一家类似的酒吧里遇见过高罗佩，他告诉我这位大使让他想起了一只从天而降的雄鹰，对农庄里的鸡群说大家都是鸟儿。"有时他会谈起佛教，内容很是悲观阴郁，但是似乎会令他高兴起来。"

当高罗佩与艺术界同行们交谈时，或许是其中的终极自由让他露出微笑。"道"一定会令他振奋一二，尽管他一直咳嗽并感到胸痛。

在小说《漆屏案》中，狄公读到一首诗，虽然并不符合他的儒家信条，却令他陷入了沉思：

> 生即悲苦
>
> 存亦悲苦
>
> 死去不复生
>
> 方可离悲苦

作为道德主义者的狄公和受基督教影响而成长起来的亨德里克斯，都喜爱这些将我们的"现实"展示为另一种幻象的思想。他们都是孤独的英雄，都是高罗佩这个"举止神秘的大块头"心中暗藏的不朽精神，这种不朽远远超越了同时代评论家的狭隘与短视。

关于《天赐之日》，在高层面上已经说了很多，不过也有低层面的内容，书中有许多粗暴行径，令我们轻松不得。三个坏人丧了命，还有一个被警方抓获，一切都圆满结束，我们可以回去安心睡觉，而真正的探索仍在继续。

九

1959年至1967年间，高罗佩的探案小说在荷兰极受欢迎，但是后来却消失了，及至1970年代再版时，每一部都是畅销书。为什么会出现这种状况呢？某个强势的出版商通过做广告和适当的市场营销，可能会取得一些成果，但是如果公众漠然置之的话，即使专业推销也会遭到失败。是什么因素突然激励荷兰读者想要追随这位中国古代的判官？莫非他们希望在惊悚中得到放松？莫非是异国情调令他们感到兴奋？莫非存在一种对中国的普遍兴趣？莫非他们心中向往另一个"星球大战"式的传奇，在此恰好表现为历史故事？

所有这些原因都是可能的，还有一点，就是高罗佩有着研究古怪事物和性生活的名声。新教徒被压抑几百年之后，荷兰迎来了一场猛烈的性革命。普通民众隐约听说过这位驻远东的大使写过一部巨著，名为《中国古代房内考》。以性为目的的观光旅游成为时尚，荷兰男人乘坐波音747大型客机飞去东方，但是他们寻求的乐趣很肤浅，或许需要正确的引导。

此处存在着一种联系。西方人从中国唐代可以看到自身负罪感的投影，性在那时虽是一种禁忌，却仍可以通过许多方式得到满足。《中国古代房内考》第九章里记录了当时的一些行为准则。惩罚被列为"过"，过数越大，受到的惩罚就会越重。❶

犯罪对象/犯罪本质	妇	孀妇，闺女	尼姑	娼妓
"暴淫"，恃财恃势，诱劫成淫，情爱实情者。	为五百过。仆妇为二百过。	为千过。婢女为五百过。	为无量过。	为五十过。夺人所爱及淫器恣肆之类。
"痴淫"，情好缠绵，死生不解者。	为二百过。仆妇为百过。	为五百过。婢女为二百过。	为千过。	为百过。
"冤业淫"，本非有意，境地偶逢，彼此动情，不克自持者。	为百过。仆妇为五十过。	为二百过。婢女为百过。	为五百过。	为二十过。

---

❶ 以下有关元代"功过格"的列表，皆来自《中国古代房内考》，其中个别数字略有出入。

犯罪对象/ 犯罪本质	妇	孀妇，闺女	尼姑	娼妓
"宣淫"，既犯淫戒，复对人言者。	为五十过。	为百过。	为二百过。	为五过。
"妄淫"，意有所求，邪缘未集，妄称有私者。	为五十过。	为二百过。	为百过。	为十过。

不可对罪人心软，不过还有其他方面——就像孔夫子关于下列罪行的劝诫：

早眠迟起（即有多淫之意）	一过
纵妇女艳妆	一过
看淫戏一次	一过
倡演者	五十过
对妇女作调笑语，虽非有意	一过
若有意者	二十过
见妇女作调笑语，不以正色对之	一过
因其调笑而起私邪之念者	十过
对妇女极口称赞其德性者	非过
极口称赞其才能者	一过

极口称赞其女工者	二过
极口称赞其智慧恩德者	五过
在妇女前传述淫邪事者	十过
有心歆动者	二十过
秽亵不堪者，即无心	二十过
唯辞涉劝戒，言中能起人羞恶之心者	非过
在妇女前吟咏情诗艳语者	五过
有心歆动者	二十过
赞叹情深语艳者	十过
唯语关劝戒者	非过
在妇女前谈及巧妆艳饰与时花翠裙袄者	一过
于妇女前多作揖逊谦恭者	一过

能做到这些，足可成为神父或牧师，但是还有致死之罪：

违拗祖父母父母	千过
败一良家妇女节	千过
致一人死	千过
卖婢作娼	千过

溺女	千过
造淫书、艳曲、淫画（刊刻刷印者同）	千过
派摈一德行人	五百过

唐代人还知道常规犯罪，所受的刑罚是受到鞭打或长期监禁：

广置姬妾	五十过
爱妾弃嫡	十过
致妾失礼于嫡	二十过
谈及妇女容貌妍媸	一过
遇美色流连顾盼	一过
无故作淫邪想	十过
夜起裸露小遗不避人	一过
淫梦一次	一过
不自刻责，反追忆模拟	五过
习学吹谈歌唱	二过
学成	二十过
看传奇小说	五过
善戏笑	二过

非妇女前	一过
若以有心调笑者	十过
非亲姐妹，手相授受	一过
有意接手，心地淫淫者	十过
危险扶持者	非过
扶持时生一邪思	十过
途遇妇人不侧避	一过
正视之	二过
转侧视之	五过
起妍媸意	十过
焚佩淫香	一过
擅入人家内室	一过
谑及闺闱子女	五十过
戏语谩及圣贤佛仙	三十过
谈淫亵语	十过
放火烧人房屋	五百过
用谋图娶寡妇、尼姑为妻妾	五百过
宠妾弃妻	五百过
堕胎	三百过
因邪色者	六百过

诱一人嫖或赌	三百过
致一人卖妻	三百过
妻虐婢妾不能检制	百过至三百过
致死者	千过
锢婢不嫁	二百过
嫖妓及男淫一次	五十过
演淫戏一场	二十过
饮酒至醉	一过
男女混杂无别	三过
弃字纸一片	五过
以不净手翻书	三过
以书籍字扇置枕席间	三过

除此之外，还有其他不被允许的行为，"红颜祸水"是一种普遍看法，圣人说"女子无才便是德"。所有这些都是儒家教义里最糟粕的东西，为了迎合统治阶层的伪善而故意曲解。像狄公那样开明睿智的县令，自然会无视这些有利于权贵的把戏，但是也会明智地不去抨击传统。如果县令本人引起风波，就有可能人头不保。但是过度沉溺于表面道德化的时候，一个好县令会更注重以身作则，而

不是用严酷的律令来欺压百姓。饱读诗书的官员们坚信理想的国家是通过不扰民而臻于郅治的。

高罗佩还引用了其他典籍中的文字，更少宏大浮华，更为切合实际。1360 年，曾有一位文士告诫人们要小心从事九种职业的女人，如果允许她们经常出入自家女眷内宅的话，就会引起无数麻烦。这些女人被称为"三姑六婆"。

> 三姑者，尼姑、道姑、卦姑。六婆者，牙婆、媒婆、师婆、虔婆、药婆、稳婆也。盖与三刑六害同也。人家有一于此，而不致奸盗者几希矣。若能谨而远之，如避蛇蝎，庶乎净宅之法。❶

承受污名的仍是女人，而发此宏论的男人则是京城名士，无疑是在尘世中艰难谋生的两万名妓女的热心主顾。把罪责归咎于女人——上层仕女对此有何想法呢？高罗佩引用了一位贵妇人管仲姬的名作：

我侬词

尔侬我侬，

忒杀情多。

---

❶ 出自陶宗仪《南村辍耕录》卷十。

情多处，

热似火。

把一块泥，

捻一个尔，

塑一个我。

将咱两个一起打破，

用水调和。

再捻一个你，

再塑一个我。

我泥中有尔，

尔泥中有我。

我与你，

生同一个衾，

死同一个椁。

此诗穿透了窒息灵魂的层层束缚。中国人具有通情达理的心性。幻象自来自去，由无处不在的不平衡而造成，正如天上的云卷云舒。

高罗佩的研究总是围绕着古代的中国，即孙中山、蒋介石建立所谓民主制度之前的四千年。民国之后，毛泽东力图实现完全的共产主义，如今则加入了实用主义。1964年，高罗佩访问中国后返回荷兰，接受了荷兰一家知名报社的记者采访：

> 有些基本的中国特质永远不会改变，其中一些已和共产主义相融合。自从有史书记载的上古时候开始，中国人就一直看不起只是贪婪逐利的资本主义。中国人赞成所有公民都享有平等的机会，命脉产业一向属于国家所有。

这位博学的大使接着告诉我们，中国人会从整体或局部出发，做出一切尝试，看看情形是否对自己有用，对于无用之事一旦不再关注，便会将其断然抛弃，事后也不会再对有争议的方面大加苛责。这些尝试会持续一段时间，就像如今的共产主义和过去的儒家教义一样。

法律条文不可能总是反映现实，即使在女性由于任何过失而被指责的时候，种种说法也可能指向相反的方向。高罗佩在1965年的另一次采访中说道：

> 早在西方开始关注节育和性技巧之前，中国就已出现了关于这些问题的佳作。在研读过现存的资料之后，我曾得出一个结论，至今仍然坚持这一看法，即中国人对于性事相当尊重。蔑视肉体从未成为普遍的信条。身体功能一向被完全接受，我不相

信在中国人的头脑里，类似圣保罗的形象会成为象征性的现实。早在公元前五千年，东方人就把性看作是显而易见的健康的驱动力，人在其中并未被置于中心地位。中国人和日本人都把两性关系看作是宇宙的反映。我们只是跟随自然的节律而行动，反映出日与月、天与地、火与水的关系。由此可证男女是平等的，这种平等来自远古时代。男性或许显得更为突出，但是仍被女性所拥有，正如女性同样被男性所拥有。中国人早早就意识到了这些至关重要的真理。

高罗佩用谨慎的措辞，再次阐明了来自辛勤研究同时又受到事实和教义约束的结论。

《红楼案》是整个狄公案系列小说中最具浪漫与美感的一部，在戏谑的介绍之后，高罗佩向我们展示了严酷的现实。在描述疾病和衰弱时，他没有略去令人毛骨悚然的细节，一股狞邪的气味从书中油然飘出，当我们正在犹豫是否想要摆脱时，他带着我们继续前行，成功地证明人间的情爱可以将我们从陈腐的旧日中释放出来。当然，条件是"爱情将要承受一切风险——财富，名声，未来，无论什么。它将完全漠不关心地拒斥一切，唯独除了所爱之人。"

在此书中，破败的茅棚庇护着一对恋人，因此变得比宫殿还要美丽，一个麻风病人与一个微贱的盲妇紧紧相拥（这二人曾是著名的朝臣与美丽的歌妓，彼此相爱，却又受命运摆布而分离），这一情景带来的妙悟令我们极为欣悦。

> 别君何物堪持赠，
> 泪落晴光一首诗。❶

这是公元九世纪的女诗人鱼玄机的佳句。她崇尚自由，厌恶陈词滥调，高罗佩由此得到灵感，创作出了《中秋案》里才华横溢、妩媚动人又清高自负的才女形象。

---

❶ 此处引用的诗句节选自鱼玄机《春情寄子安》。

十

　　狄公十分警惕佛教与道教中时常出现的堕落情形，也
深受作为二教核心的神秘自由的吸引。在所有狄公案小说
中，都能看到佛家与道家的教义，尽管并非总是对读者加
以阐释。这些内容自然来源于作者的学术研究。高罗佩
曾有两部更"严肃"的著作，献给他最爱的乐器——古
琴，即《琴道》（1940年在东京出版）和《嵇康及其〈琴
赋〉》（1941年在东京出版）。从这两部学术著作中，我们
或许有机会分析一些作者的思考。❶

　　首先，古琴有什么特殊之处？

　　高罗佩说："古琴之美不在于音符的连续，而在于每
一个独立的音符。琴的音质最为重要，在同一个音上改
变音色是完全可能的……实现音色变化的技巧极其复杂，
单是揉弦就有不下二十六种方法。"书中还有更多相关信
息。音的高低很难计算，传递给我们的是抽象的声音。
或者别总是提"我们"，因为并非人人都能弹奏这种可以
令我们飘入虚空的古雅乐器。中国古时的文学博士、太

高罗佩：其人其书

学生、县令和朝臣们曾经断言古琴属于上层人士（读者若是从其他书中得知许多古琴毁于后来的动乱，应该不会感到吃惊）。1945年，高罗佩在重庆曾拍过一张照片，当时他正聆听一位琴师的演奏。琴师头戴道士冠，旁边燃着熏香，两名身穿白袍的中国弟子恭敬地凝神倾听。这不是一次演奏，而是一种仪式，高罗佩看去坐得笔直，非常专注，完全沉浸于这一切之中。如果说锣鼓铙钹等打击乐器与佛教徒打坐有关的话，七弦琴则必是道士用来摆脱自我局限的工具。这两本书写于二战期间，当时荷兰已被纳粹军队占领，另一种法西斯主义也使得日本局势混乱。高罗佩弹奏着古琴，心情愉悦，这并非嬉不知愁，而是一种积极的心平气和。他坐在即将失去的书房内，周围摆放着最早收藏的大量艺术品和书籍。他也将失去自己宝贵的古琴，不过后来在中国又寻到一张。这究竟算是哪一类乐器呢？

古琴形似齐特琴（zither），没有码子，共鸣箱由两块木板组成，上板呈凹形❷，使用材质较软的木料，底板呈水平状，使用材质较硬的木料。七根丝弦（有的琴用五

---

❶　我曾在纽约的亚洲珍稀图书书店里找到此书。——原注
❷　此处有误，应为凸形。

1945年，高罗佩在重庆与一位琴师的合影

（这张照片实则拍摄于1946年6月，地点是北京白云观，弹琴者是白云观住持安世霖，旁边两位中国人并非弟子，居左者似是琴人汪孟舒，居右者似是画家关松房。——译者按）

弦，也有的琴用九弦，但是七弦被认为是合乎常规的）张在共鸣箱上方，底板有两个长方形的孔，称为"龙池"和"凤沼"。古琴是一种静谧的乐器，因此通常需要第二个共鸣箱，即用来放置琴身的桌子。现代木桌都有一个中空的部分。

古琴是圣人的乐器。传奇的道家隐士嵇康曾经弹奏过古琴。他是"竹林七贤"中圣人一般的音乐家，曾经写下《琴赋》一文，高罗佩为此又写了《嵇康及其〈琴赋〉》，前言中提到在自己的译本里，嵇康临终前的沉思（他写下自己的感想，随即便被处决）或许并不准确，因为"文本中有一些棘手的段落"，并希望其他学者将来会做出更好的译本，"只要他们对古琴具有一定的认识，但是或许没有机会达成"。事实果然如此，高罗佩掌握了弹奏这种稀有乐器的技巧，因而觉得自己有资格走入这位道家隐士的内心。

公元三世纪时，有七位道家逸士常在竹林里聚会。他们被看作是理想的隐士，成为众所周知的文化主题，至今仍出现在诗歌与绘画中。这些令人尊敬的文士们下棋、作诗、饮酒，但嵇康总是弹琴。他们与天地相和谐，在飒飒作响的绿叶下始终冷静超然，成为一个传奇。

然而传奇常常被证明并非真实，只是代表着一种思想，一个理想的图景，却很难转化到日常生活中。竹林七贤的日常生活究竟是怎样的呢？高罗佩的研究显示出他们并非圣人，也并未生活在竹林里。他们家境富有、地位显赫，是拥有权力的朝廷大臣，起初仍保持理想主义的时候尚未到如此地步，不过后来由于社会环境的影响而逐渐腐化，七人聚会也越来越少，直至终结。然而嵇康是个例外，他就像苏格拉底一样不受影响和腐蚀，于是也如苏格拉底一样被处以极刑。在引颈就戮之前，他捧出古琴弹奏了一曲，然后慷慨赴死。

　　嵇康不朽的灵魂是由于古琴而得到了拯救吗？

　　我们先来看看"不朽"这个说法。从死亡中解脱，象征着从二元论中解脱，超越于精神与物质、灵魂与肉体之上。道家法术不顾一切地寻求一种文字解答，或是一种能被放入锅中酿造的生命之元气，或是服食后可以用来冻结思维、产生幻觉的五石散，让人感到时间不再重要。性功能可以被歪曲为一种有助于延年益寿的运动，某些呼吸吐纳功夫变得极其重要，有些圣人尝试疾行，这一切都是为了避免死亡。但是，现实的死亡仍会降临到众望所归的神人身上，并在相关文献里有所记载。"当嵇康将要在魏国都城洛阳的东市被处决时，他仍是平静如常，丝毫不以

嵇康抚琴图

为意，取出古琴来弹奏，待到一曲终了，说道：'以前内兄❶曾请求我教他弹奏《广陵散》，但是被我固辞，此曲于今绝矣。'"传说他弹奏的《广陵散》令听者深受感动。

杂志《美成在久》（*Orientations*）1981 年 11 月发行了一期高罗佩纪念专刊，收入屈志仁（J. C. Y. Watt）的一篇文章，文中指出七弦琴已成为一种神圣的乐器。晋平公因为执意要在成为道德楷模之前听琴曲，结果招来大祸。魏文侯胆敢和着琴曲起舞，因此遭到严责。琴声会吸引仙鹤，令这种圣鸟随着音乐翩然起舞。每个追求终极和谐的文士都有一张挂在墙上的古琴，无论他是否会弹奏。宫廷乐师必须学会这一神奇的乐器，中国古曲中最出色的《潇湘水云》就是专为古琴所作。

在高层人士圈子里，古琴逐渐变为一部分带有神秘色彩的喜悦，或许本质上也是如此。琴师甚至出现在现代绘画中，虽然背景风格有所变化，但仍基本相同。这一情景正如高罗佩后来所描绘的那样：隐士独居在茅舍之中，心境平和。如今他只需要几卷书和一张书架，出门行走时，一只仙鹤神气地从旁跟随。当天气不佳、只

---

❶ 根据《晋书·嵇康传》，此处应为袁孝尼，即袁涣之子袁准

能留在房内时，他就坐在简朴的长桌旁弹琴，或是天气晴好时走到室外，将琴摆在膝头弹奏。在自行奏出的乐声中，他驾鹤飞去，远离尘世。这一情景极为朴素而高雅。

不过这一情景也极不可能发生。嵇康家境富有，生活安逸。倘若他在茅舍中消磨了一整天，势必要转回家中，将换下待洗的衣物交给妻子。

即使如此，理想化的朴素仍然可能存在于我们人人都会拥有的一种不朽之中。道家曾经说过，不朽已与我们同在。当我们忽然不再为责任与财产、逐渐逼近的死亡和电视里的动乱纷争而忧虑时，就会体验到极度自由的美妙感觉。当圣人拨动琴弦、弹出琴音时，我们希望他会说："这是我们所能获得的最为长久的幸福。"

竹林七贤并非全是如此智慧，其趣闻轶事已挤压了绝大部分史实（狄公也是如此）。事实上，他们并未自我局限于朴素，而是拥有最多的俸禄，同时履行最少的职责。刘伶沦为可悲的酒徒，有一名侍从整日跟随左右，提着酒壶为他的杯中不断斟满美酒。山涛背叛了众人，在唯一真正的英雄嵇康被诬告并杀头的过程中，他不但助纣为虐，还为残暴的独裁者大将军司马昭效命，生活

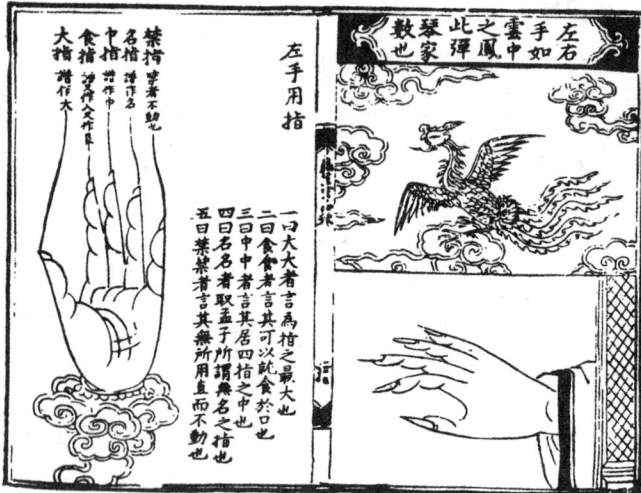

上絃手法

調絃手法

古人抱琴式

左右手如雲中鳳彈此琴家數也

左手用指

大指　譜作大
食指　譜作人作乚
中指　譜作中
名指　譜作勹
禁指　禁著不動也

一曰大　大者言為指之最大也
二曰食　食者言其可以就食於口也
三曰中　中者言其居四指之中也
四曰名　名者取孟子所謂無名之指也
五曰禁　禁者言其無所用直而不動也

琴谱《风宣玄品》1540年版本内页

穷奢极侈，宣称自己曾花费了二十年的时间漫游山川，因而得道。

在这个卑微的星球上，七人中有一人能达到不朽，比例已不算很低。嵇康出色地实践了道家艺术，学会如何在完全的超脱中达到卓越不凡，并且激励了一位荷兰汉学家将这种快乐传达给我们，采取的方式正是通过一种音乐，正如《琴赋》中所说的"导养神气，宣和情志"。

此文中还有关于如何弹琴的秘诀："状若崇山，又像流波。浩兮汤汤，郁兮峨峨。……检容授节，应变合度。兢名擅业，安轨徐步。洋洋习习，声烈遐布。含显媚以送终，飘余响乎泰素。"

听来很是动人，但也隐藏着某些自负的成分。嵇康只与同辈人中的一个小圈子进行交流。道家弟子宣称古琴是一种严格属于上层阶级的乐器，以此暗示唯有如同他们一般的思想崇高者才能弹奏出高雅的音乐，并且将会被音乐引领到更高境界。然而屈志仁教授指出他们混淆了理论与练习，如今许多号称古琴大师的人只会弹奏甜美而具有诱惑力的曲子，过于抽象，以至于无法阐明意义何在。

这一说法并不适用于高罗佩与狄公这两位杰出的古

琴家。请看这幅插图，古老的木刻版画描绘出历史上的狄仁杰坐在书斋内的情景，书桌上摆放的古琴，正是有助于他产生卓越思想的方式之一。

书斋里的狄公

十一

　　与貌似意义重大的学术正途相比，中国文人更偏爱富于智力性与艺术性的旁门左道。假如我们将中国式探索与文雅联系起来，设想出一个温良和蔼的老者致力研究各种雕虫小技的场景，或许不无道理。

　　不过，或许也会有误。

　　二战爆发之前，荷兰学术杂志《中国》（China）以季刊的形式发布，1939 年 5 月的一期里刊登了高罗佩所著的《鬼谷子》导读。

　　我原本以为自己碰巧看到的这篇文章只不过是高罗佩诸多猎奇研究中的又一个方向——就这一层面而言，我的想法虽不算错，但是显然估计不足。此文中阐述的思想，并不只是对发掘出的远古史实的思考。

　　鬼谷子生活在战国时期，是当时云游四方的诸多哲人之一，亦是能够治愈人心的心理学家，以传授智慧为生。他的大名之所以能够流传至今，是因为他招致的愤怒既来自出世的佛家，也来自入世的儒家（即中国人思想与行为不可动摇的奠基者）。唯有超脱而大胆的道家接受了鬼谷子极不寻常的理论，甚至将这位叛逆哲人的教义融入了难以捉摸的自家经文之中。

鬼谷子的思想围绕着可取的社会统治制度的最佳可能性，排斥一切取悦普通人的理论。

孔子认为一切统治理应考虑到百姓的福祉，而法家则提倡对一个体系的绝对服从，在这一体系中，唯有统治者的意愿得到承认，而并非是被统治者的需求。那时候这种二元选择仍未被扩展，然而作为一个外表质朴却被誉为已然开悟的云游先生，鬼谷子轻易地将其打破并提出第三条道路，从而能够以最理想的方式产生政治格局。

鬼谷子的著作是一套用丝线系成的竹简，已经残损不全，后来被再度发现。这位不甚出名的哲人请求世人进行不同的思考。他所倡导的一套制度既不受民众影响，也不受病理学上疯狂的独裁者的影响（正是这些人炮制出了产生希特勒与皮诺切特的一锅汤），而是由一个新型领袖来制定。后文将会进行细述。

鬼谷子所谓的"圣人"，或许会令我们想起尼采笔下的"超人"，或是葛吉夫与邬斯宾斯基书中的"狡人"

(sly man)❶。最理想的执政者既不是天生的君王，也不是被选出的总统，而是"仅仅由于自身的优异能力"成为完全的主宰。他不受道德约束，才智超群，在实用科学与抽象思维上都极具天赋，我们在此得遇人世轮回中的一个例外。如此杰出之人无须以不可一世的姿态来威吓民众。他的动机是什么呢？无非是想要统治的意愿。

鬼谷子在书中思考了所有的可能性。一个新出现的圣人（他缺乏由儒家道德所激发的大部分补偿性品质）如何才能稳稳栖在最高的枝头？给出的回答是：天生有此才或天生无此才。

鬼谷子还提议圣人最好通过一个软弱的君王来实施统治，将后者变为傀儡，毫不费力地在幕后进行操纵，但是合法的君主若是难以驾驭——那就抛开蠢材，让圣人夺过权力并自立为王。

请不必遵守道德。圣人是自由之人，是得道高人，绝非凡人之手可以操控，亦非由世人的痴心妄想而产生的

---

❶ 葛吉夫（Gurdjieff，1866—1949）是俄国神秘主义者、灵性导师、哲学家和作家，具有希腊与亚美尼亚血统。他认为大部分人不具有身心整合的意识，只能生活在被催眠的"梦游"状态，但是有可能超越到更高的意识，从而全面发挥自身本能。他所倡导的唤醒人类意识的方法统合了苦行僧、僧侣和瑜伽士这前三道，因此被称为"第四道"。邬斯宾斯基（Ouspensky，1878—1947）是俄国密意主义者，1915年与葛吉夫相识，在其指导下系统学习"第四道"，后来多年致力在英美传授这一体系的理念与方法，著有《第四道》。

高罗佩：其人其书

圣徒之手可以操控。

高罗佩满怀欣喜与期待，告诉我们在这本充满智慧的书中，鬼谷子提出了非常高明的建议。

根据鬼谷子的说法，为了将我们自己变为圣人，最要紧的是以他人自觉展示出的方式来对其加以利用，不必考虑试图进行教育或是提高他们的素质。不能进化的人总是非常顽固的，难以发挥自身的潜能，但是每个人的天性中都存在着有用的方面，并且都乐意显示出自己特殊的禀赋，从而使得我们可以采取任何于己有利的方式来加以利用。

关心我们老百姓的宰相是仁人吗？好极了，不必费力去贿赂他或是以任何方式腐蚀他纯洁无瑕的思想，就让他无私地努力工作到极限，直至事业达成，君王所拥有的国家也将会更加富足，污秽得以清除，诸事有人尽力，清闲息养，长保安康。听说京城里某位将军喜好夸口？那就提升他为大元帅，派去讨伐邻国、攻城掠地，日后战死沙场，再追授勋章挂在这位勇士的身上。

听说某部总管是一位智者，并且"达于数，明于理"？那就让他明天下之理，对老百姓进行训诫和教导，国家也将会从中受益。祝福他吧，他也会明智地祝福国君。

让所有被统治者发挥他们的才能，让圣人不要干预他们各自的方式。当猫捉老鼠，鼹鼠在黑暗的地道里掘土为生，秃鹫大口吃着腐肉，狮子四处漫游、大声嘶吼时，当人人都派上用场时，真正的统治者将会轻松自在地享受权力，同时享受极致的精雅与奢华。❶

在这篇文章中，高罗佩从头至尾都在为自己对这些愤世之论的着迷而表示歉意。鬼谷子本人并未践行他的光辉理论。没有国君聘请这位积极活跃的哲人，结果他只得以乞讨为生。在个人的一生中，理论与实践未必总是和谐的。即使如此，在其后的两千多年里，他的这本小书一直被后人研读。中国的统治者们虽然冠冕堂皇地对鬼谷子的现实谋略表示不能苟同，实则却在仿效，包括封建帝王和党派领袖。高罗佩并未受到愚弄，他警告说这种微妙的思想并不仅仅是机会主义的另一种形式。此书分为三部分，前两部分教授如何将他人变为我们的工具。要想让工具尽量发挥作用，可以仔细观察我们现在和未来的仆人，以便分析他们的行为。他们快乐吗？那就使其更加快乐，然后观察他们欢然醉饮时的举动。他们抑郁吗？那就使其生活得更艰难一些，再看结果如何。我们将会决定他们的极

---

❶ 高罗佩在《鬼谷子》原文中阐述此意时，曾提到韩非子所说的"令狸执鼠，上乃无事"。此语出自《韩非子·扬权》："使鸡司夜，令狸执鼠，皆用其能，上乃无事。"

限，看穿他们隐藏的想法。

但是在第三部分里，鬼谷子教导我们如何认识和操纵自己。对于这一奇异的文学瑰宝，高罗佩不但予以赞扬，而且以多种富有策略的方式呈现给我们，如果对其进行正确研究，并不会令统治者行为不端，随之而来的结果是他纯粹的自私将会完全服务于全部自我。

高罗佩还考虑到宗教的作用——作为道教无为思想的一部分，"阳动而行，阴止而藏"。他还提到所有对立面的同一性，阐明如何"阳还终阴，阴极返阳"，"以阳求阴，苞以德也；以阴结阳，施以力也。阴阳相求，乃捭阖也"。

高罗佩在此展示出自己有幸发现的成果并加以阐释，这些或许会对读者有用。他将鬼谷子的学说定义为"在漫长的岁月中支持着中国人的坚实的常识"。即使有读者想以坚拒的方式来摧毁这种愤世嫉俗的思想，希望他仍会崇敬这位致力旁门左道的最大胆的古代隐士。

这篇关于鬼谷子的文章只发表过一次，旨在作为高罗佩为鬼谷子所写的专著全文（原作只残存部分篇章可用）的引言，全文将附有大量注释和来自公认的中国学术文献的完整评议。

1939 年，正值中国抗日战争期间，这部书稿在送往上海付印的途中失踪不见，高罗佩在离开日本时又丢失了自己的笔记，从而放弃了整个出版计划。保存至今的只有十二页小型印本和一张不甚清晰的插图，然而无论如何，这篇文章包含有充足且吸引人的资料，激励我们继续追求领悟，以及既有趣味又有帮助的探索。

十二

　　高罗佩对道教的浓厚兴趣，不但在于内修之道真，亦有外习之法术，具体可见于 1954 年发表在学术杂志《日本亚洲协会学报》第三系列上的长文《中国的"现结芒果"术》，副标题是"一篇关于道教法术的论文"。这篇长达五十八页的论文极为详尽地分析了出现在中国的一种现象，其发源地很可能是印度。这种法术能让植物神奇地快速生长，包括芒果、牡丹、梨和其他种类。法师低声念着咒语，在短短几分钟之内，种子就长成了果实，令观者惊讶不已。眼前分明发生了不可能发生之事——法师将种子埋进土里，再盖上一块布，然后揭开，可以看到已经发芽；第二次盖上并揭开，长成了一棵小树，第三次结出果实，第四次果实成熟，可以食用，或是花朵盛开，可以折下带回家插入瓶中。

　　这就像"神仙索"（魔法师朝空中掷出一根长绳，然后爬上去）一样，观众受到了一种催眠术和暗示的蒙骗。

　　道教是一种宗教。"宗教"（religion）这个词由 re（意为"再""又")和 ligare（拉丁文，意为"结合""联合"）组合而成，任何一种宗教的目的都是一再地结合。与什么结合呢？与天界、神仙、上帝，我们最深层的本质，我们真实的目的，以及我们失去的欢乐。由于天界、神仙或上帝总会涉入其中，我们需要应对一些完全无法理解的东西，于是就产生了这些神奇的法术。

中华文明可以追溯到四千年前，从上古时候起，道教的炼丹术就已为人所知。道士们寻找元气，将铅和朱砂混合起来，徒劳地想要炼成黄金，同时挑选出一些可以为人所接受的、切实可行的内容，用来欺骗那些从旁观看、"目乱睛迷"的老百姓。有时候，道士甚至会与并非同道的僧人联手，将合理的好奇心与创造的终极因素融合起来，他们心中都抱有一个强烈的愿望，即从大众手里敛财从而生活安逸。高罗佩这些貌似枯燥的研究（此文并非表面上看去供人消遣的狄公故事）里还包含有涉及秽事的部分，比如公元五世纪时"华丽的尼姑庵"永宁寺实为游乐场所，豪华盛宴上会有美貌的舞姬陪侍。该处原由一位皇子资助兴办，皇子去世后，由其兄弟、"一个性变态者"接管❶，最终成为类似马戏团的场所，其中有杂技和魔术

---

❶ 根据《中国的"现结芒果"术》原文，此处指的是北魏孝文帝元宏第四子清河文献王元怿和第六子汝南文宣王元悦。

表演，比如迅速发芽结果的甜瓜和枣子❶，还夹杂有色情活动。

作为外来宗教，佛家的寺庙繁荣发展，北方教派的寺院还教授僧徒如何制造集体暗示和视觉幻象。

高罗佩在做什么？用冷嘲热讽的不予置信取代我们寻求答案的疑惑？

完全不是。他是一个真正的科学家和睿智的观察者，试图解释其中的真相。在西方世界里，圣徒已存在了几千年，并成为我们深层潜意识思想的焦点。之前的第十章曾提到"竹林七贤"，高罗佩在此处又介绍了中国的"八仙"，后者出现的时间更早，虽然来源模糊不明，但是非常引人入胜。唐代儒家文人韩愈的侄子韩湘子就是八仙中的一员，他走出了神话，显露出道家术士的面貌。作为道德规范的儒教和充满神秘主义的道教一直在互相争斗，我们可能认为现实的中国人会倾向于支持仁善，但是高罗佩的研究再次证明并非如此。

在正式讲述八仙故事之前，让我们先来简要了解一下这几位有趣的原型人物。汉钟离身材肥胖，头上不戴冠

---

❶ 《中国的"现结芒果"术》原文中曾引用杨衒之《洛阳伽蓝记》里的"植枣植瓜，须臾之间，皆得食之"。

帽，以此表示出对一本正经、循规蹈矩的蔑视，披一件宽大的长袍，敞胸露腹，这位重要人物的壮硕和傲慢提醒我们不要试图去冒犯他。张果老是一位乐师，倒骑毛驴，携着鼓和铙钹。韩湘子是占卜师的守护神，同样以不戴帽子来表示对世俗的蔑视，或是用笛子吹出不朽的乐曲，或是品尝饱含元气的仙桃。铁拐李的形象更加微妙，竟是一个跛腿老乞丐，衣衫褴褛，腹内空空，不戴帽子不是因为无礼，而是因为囊中羞涩。他是一位神医，试探我们可有信心，如果对他以礼相待的话，我们就会百病全消。曹国舅也是一位乐师，不过此时并不演奏，而是在研究一幅阴阳八卦图，衣冠楚楚，仪表堂堂，坐在林间的一段枯木上稍歇。吕洞宾非常有趣，看去仪容高贵，却倚着一个被收服的小鬼。此处有必要提到荣格的"个性化的人"，或是东方谶书中所谓的"君子"，或是亚美尼亚圣人葛吉夫所宣扬的"狡人"。潜意识一旦公开表现出来，就不再形成威胁，而是转为一种支持。假如吕洞宾杀死了小鬼，这小鬼就不会搀扶着他。吕洞宾不只是理发师（古代的外科医生）和驱魔师（类似现代的心理治疗师、心理学家、精神治疗医师）的守护神。他佩着一把长剑，用来斩妖除怪，手持一柄拂尘，用来教训胆大妄为的后辈。蓝采和是一位女仙，其古怪的装束（一脚穿鞋，一脚赤足，身后拖着一串零散的铜板）显得格外惊世骇俗，随身带着乐器（通常是一支长笛）和一篮鲜花，激起乐师和卖花人的灵感。何仙姑也是一位女仙，容貌美丽，手持一朵硕大的荷花和长生不老的仙果，也会吹笛，似乎代表着家庭和睦。作为我们深层意识的崇高代表，八仙出现在绘画、雕刻、室内装饰和漫画里，不但有许许多多的相关故事，还有专为他们所作的音乐和诗歌。由于艺术家的天赋与悟性各有差别，八仙的形象也不尽相同，但是他们都会法术，令人"目乱睛迷"，还常常饮酒，但不是毒害精神的烈酒，而是从天界得来的纯净的药酒。

为了清晰地展示中国人思想中如何产生现实与诗意的对立，高罗佩不辞辛苦地一路追溯得道成仙的所谓浪荡子韩湘子与其未能得道成仙的叔父韩愈的传说。文中列举了多个版本，并附有资料来源和详注。基本情节如下：

韩愈一向为世人所尊崇，应试得中后成为高官（就像狄公一样），除了汲汲于仕进，并无其他惊人之举。由于堪为师表，他开办了一所书院，培育青年书生。侄子韩湘前来京师投奔，入学后行为乖张，欺辱同门，不但不肯读书上进，还时常喝得大醉。在将韩湘逐出书院之前，韩愈斥责道："你为何不能做些正经事？"

于是韩湘表演了类似"现结芒果"的法术，让牡丹顷刻开花，还请叔父细瞧花瓣上的字迹，只见上面写着"云横秦岭家何在，雪拥蓝关马不前"。韩愈看罢大为震惊，韩湘就此道别离去。

过不多久，崇佛的皇帝唐宪宗想要迎佛陀遗骨入宫供奉，韩愈作为正统儒生，担心此举失于偏颇，写下一篇《论佛骨表》以示劝阻，结果被贬到八千里外的潮州就任刺史。在赴任途中，韩愈被困在积雪的山道上，正不胜悲叹时，忽见侄子韩湘从风雪中走来，上前恭敬施礼。韩湘将叔父送至客栈安顿好，又说了一大篇颇有见地的话，韩愈抛却了狭隘的道德观，愿意接纳更高的真理。后来韩湘的预言果然应验，韩愈重被召回京城做官，终得圆满结局。

当高罗佩幻想着成为一名隐士、住在茅屋里、俯瞰波平如镜的琵琶湖时，一定会发觉这些放浪仙人的故事颇有助益。或许文中引用的韩愈赠给韩湘的诗句，多少表达了他自己的感伤和决定：

> 一名虽云就，
> 片禄不足充。
> 今者复何事，
> 卑栖寄徐戎。

1965年，高罗佩在东京的荷兰大使馆留影

萧条资用尽，

蓬落门巷空。

朝眠未能起，

远怀方郁悰。

击门者谁子，

问言乃吾宗。

自云有奇术，

探妙知天工。

既往怅何及，

将来喜还通。❶

　　或许作为学者的高罗佩在这里给了我们一点暗示。"现结芒果"只是令我们目瞪口呆，然而一旦我们变得轻信，精神之门就会开启，通过这种中国式潜意识的投射，得道亲友或可引领我们走入真正的神秘之境：

解造逡巡酒，

能开顷刻花。

有人能学我，

同去看仙葩。❷

_____

❶　此处引用的诗句节选自韩愈《赠徐州族侄》。
❷　此处引用的诗句节选自韩湘《言志》。

十三

1967 年 9 月，高罗佩博士与世长辞。就在同年 5 月，他完成了最后一部著作《长臂猿考》。

长臂猿（gibbon 这个词由马可·波罗首创，他是记述这种异国生物的第一个欧洲人，将其称为 gibbone，意为"驼背"）是高罗佩最好的朋友。从青年时代起，他就养过猴子，每一个见过他的人都曾提及这一非同寻常的伙伴。在海牙胡弗街的高大官邸内，几只卷尾猴跳来跳去，爬上书架，在古董上打秋千，甚至抓挠字画。高罗佩没法在这里养长臂猿，因为这种高等生物不适应荷兰潮湿多风的气候，并且此处也缺少足够的空间。但是在东方的家中，它们过得很惬意，屋子很高，门窗敞开，可以跑去大花园里，爬上高大的树木。在所有长臂猿中，高罗佩最喜爱的是来自马来西亚的扑扑（Bubu），甚至还为它写了一本以黑猿为主角的书。

荷兰政府通常会例行委托一位作家写一部"年度书籍"，然后在 4 月的第一周赠给去书店消费的所有顾客。1962 年的年度书籍就是由高罗佩撰写的小说《四指案》❶，题献给"我忠实的朋友扑扑，于 1962 年 7 月 12 日离世并葬于马来西亚❷"，这或许是他的最佳作品。

一只长臂猿分享了人类的文学荣誉，这是可以理解的，因为高罗佩曾被自己的同类惹恼过。有人听见他曾多次说过："我的猴子想去哪里，我就让它们去哪里，动物是很懂体面的好伙伴，从不会举止失当、令人难堪。"

在《四指案》中，一只虚构的黑猿提供了一条重要线索，而高罗佩最后完成的正是学术著作《长臂猿考》。得知疾病正在严重侵蚀自己的身体后，他抓紧工作，将手稿影印成书而不是排版印刷，这一独特的方式使我们有机会看到他的打字稿和手写笔迹是多么完美无瑕。汉字带来了一种特殊的视觉愉悦，正如分割篇章的小幅插图一样。

猿是灵长类动物，介于兽类和人类之间，与黑猩猩、红猩猩、大猩猩等被划为同类。像其他灵长类动物一样，它们可以用后腿行走，没有尾巴，喜欢思考。和我们人类不一样的是，它们非常友好，除非被逼到绝境、走投无路，或是异常受惊时才会发起攻击。唯有黑猩猩和猿可以

---

❶ 此处有误，应为 1964 年。

❷ 1962 年高罗佩在吉隆坡担任驻外大使时，国名为马来亚联合邦，1963 年重组后改为马来西亚联邦。由于《四指案》出版于 1964 年，因此高罗佩选用"马来西亚"而非"马来亚"。

貢余因檢故事凡打捕到皆南鄉人遂召
南鄉村老諸人告之眾唯而去旬日餘村
老一人來告云承捕猿之命已號召得三
百餘夫合圍得一小黑猿於獨嶺上二日
夜笑乞批帖督隋村益夫二百盡伐嶺木
則猿可擒余遂如其請三數日异一臂猿至
說予恐其形似皆如簡冊所云但無通臂者為
猿其類更非一皆短臂蒼毛者烏得謂之長者
猿之人何嘗有譯誤如此又有人云深之著之
書而雄至老毛色轉黑為黃濱去其熱初生皆與
黑而轉為雌遂與黑者交而孕余未深信與數
囊即轉黑為雌其勢漸潰去遂與數
後遇總鎮府一人云黃府中嘗畜一黑猿
年者忽轉黑以為異事後知黑乃固然
黑者交以為異此又諸簡冊所不戴猿善攀
者方釋其疑乃又泉黯圉守伐木以旬日以
援跳躍迅捷如飛又怒乎五百人
之勞僅得其一也又訓象鄧楷家昔有
山子人懷一猿來獻面黑身白惟頂上有

黑毛如指闊一縷直至脊盡處有人云猿
初生時黑至百餘歲漸成黃而為雌又數
百歲方变為白其有黑毛日頂實脊又黑
然則唐人之詩有云黃猿領白兒亦譯笑
初生之兒豈有白者余卅所獲猿因今上
罷貢珍黑故不用余遂攜猿之三數年
甚訓總忽疾作而斃瘞小橫山側與鶴冢
相並

⑯ 又天保縣令送一黑猿來繫於檻有門
子斷之相距尚七八尺忽其右臂引而長
遂從門子之衣襟為所製而猿之左肩則
已無臂矣知猿左右臂已併入右肩又則
通臂猿也此猿覚不為人所狎終日默坐
與之食不顧數日达餓死

丁未春荷蘭高羅佩鈔
於東京使署之尊明閣

《长臂猿考》中的高罗佩手迹

与人们共处一室。红猩猩和大猩猩体格过大，它们友好的拥抱很可能会导致我们丧命。

猿是唯一来自中国的灵长类动物，在高罗佩出于好奇而着手研究之前，这一事实一直没有引起普遍注意。中国人曾经关注过这种生于本土的优雅生灵，并在文学中提到其特别之处。高罗佩在整本书中引用了许多来自生物学家与诗人的篇章。

关于猿的鸣叫，书里有很多评述。猿习惯于在早上晨光初现时和晚上暮光消失时发出啼鸣，高罗佩被其中的音乐性深深吸引，并且学会了这种叫法。关于猿的诗歌同样深深吸引着他。此书中反映出猿的高级洞察力和猴的低级实用性之间的差别。中国还有一种短尾猕猴，它们不会啼鸣，总是警惕地打量四周。中国人注意到猕猴的好动，将其当作是人类的肤浅、喜怒无常甚至偷窃冲动的象征。猕猴的本性里确实有些幼稚的成分，极像人类，无论过去还是现在，中国作家都极好地利用了这种相似性。猕猴曾出现在中国古典小说《西游记》里，代表人类的聪明才智。我们思维里的幻想和魔法能使天堂轻易出现在白日梦中，孙悟空也能做到这一点，但是不能持之以恒，于是由于偷桃和戏弄仙女而被逐出天宫。不过他多少有些长进，吸取了教训，成为唐僧的大弟子并一路保护师父。猕猴的自私自利总会惹出麻烦，就像书中的孙悟空一样。如果他是一只猿的话，想必会少些坎坷，他的师父也会少些波折磨难。

高罗佩在书中写道："猿是诗人与哲人的纯中国式的传统象征，是人与自然之间的神秘纽带。猿教会人类如何利用科学与魔法，在晨昏时发出的鸣叫带给诗人和画家以灵感，尤其是在晨雾之中和月圆之夜。"

狼和人狼是有区别的，但是所有的猿都是人猿。人狼令人恐惧，人猿却能激发灵感。猿是空中的精灵，不喜欢接触地面，总是用长得不成比例的手臂悬在半空里，或是在高高的树枝上安静地荡来荡去。属于中国大长臂猿类的雄猿仅有 1.5 英尺（合 0.48 米）高，但是伸展上肢后，左右指尖之间的距离可以达到 4 英尺（合 1.22 米）。为了避免手臂被拉扯，它们在被迫落到地面时会把两臂交叠在头顶。高罗佩指出，它们的法力是如此之高，以至于总是坐在高高的橱柜顶上，完全不像精明的猕猴钻入柜底躲藏起来。猿的手掌和脚掌上有着和人类一样的纹路，猿的生活也像正派体面的人一般，有固定的配偶和为数不多的幼子，不喜欢与许多朋友太过密切，最身强力壮者总是先照顾其他同类，自己等到最后才进食。猿都喜欢成熟的果实，会用灵巧的动作采摘下来，再剥得干干净净。

或许人们想不到会被一部学术著作深深打动，但是确实有那么一刻，我仿佛看见一位上了年纪的高官与这些与众不同的小精灵们在一起和睦共处，遗世独立，静默无语，一起摆脱孤独、分享寂寞。我见过一张照片，是高罗佩与琪妮（Cheenee）在喃喃低语❶。琪妮是一只五岁的雄性黑掌长臂猿❷，伸出下颏，双唇紧闭，用力皱着眉头，高罗佩的表情也是一样。他们一同喃喃低语，就像唱着一支序曲，渐入佳境，直至开始晚间啼鸣。猿鸣是一种严肃的仪式，只发生在某些特定的情况下，在空旷的地方，通常是它能设法爬上的树梢高处。假如周遭一切如意，它就会蹲坐下来，伸展双臂稳住身体，唱出第一段旋律，然后轻声重复，直到完美无缺。当它练声成功后，才开始正式吟唱，从低音到高音渐渐加强，它摇动树枝，扩张前胸，发出呜呜之声，然后渐渐闭起嘴巴，一曲终了时，发出音乐般的低吟，最后又是以喃喃低语作为终结。这一过程将会重复几十次，如果被贸然惊扰，类似汽车喇叭响起或是其他动物突然大叫，它就会自行中断，恼怒地陷入沉默之中，几分钟以后才会再度试唱。

---

❶　根据《长臂猿考》，这张照片实为高罗佩与扑扑的合影。
❷　根据《长臂猿考》，琪妮是一只雌性长臂猿。

在早晚两次啼鸣之间，猿总是十分安静，但是也会说话或低哼。高罗佩不但学会了这种体面高尚的语言，而且说得很流利："喔喔"表示"怎么了？"或是"你真的打算把这作为礼物送给我?"。"噫噫噫"表示"你好！见到你真高兴。这些日子你去哪里了?"。唯有遇见深爱的同伴或是信赖的人类时，猿才会说出这些话来。

猿具有恰当的分寸感。它们对管家会表现出比对园丁更多的敬意。有一次，高罗佩家中失火，一名中尉带领十几个士兵前来灭火，高罗佩发现它们喜爱军官要甚于士兵，还向负责指挥的中尉指出危险的地点。它们喜欢举止得当，在研究某个东西时，会从各个角度小心观察，而不像猕猴那样将其撕成几片。它们喜欢使用卫生间，甚至还会放水冲洗。

千百年来，猿曾激起过人类奇妙的艺术灵感。

嗷嗷夜猿鸣，融融晨雾合。

——沈约《石塘濑听猿》

巫山七百里，巴水三徊曲。笛声下复高，猿啼断还续。

——梁简文帝萧纲《蜀道难·其二》

高罗佩与长臂猿的合影

闻猿啸而寸寸断肠，听鸟声而双双下泪。

——梁昭明太子萧统《锦带书十二月启·南吕八月》

当高罗佩观察这些聪慧优雅的朋友们如何在宅院内活动时，他的心灵一定激荡不已，但是他并不想以此入诗。1964年，在接受荷兰一家报纸的采访时，他表示不再致力诗歌创作：

> 早在学生时期，我曾在《爱思唯尔月刊》上发表过诗歌，稿费是一页十荷兰盾，在那时相当可观。但是，我最终认定这种文学形式并不适合我。当看到中国古诗所能达到的境界时，我完全失去了勇气。那些作品极其纯粹而恰如其分，我甚至永远不敢模仿。

但是他敢讲故事，就像《长臂猿考》中的这个故事，不过被我删节了不少：

> 公元八世纪时，有个名叫孙恪的秀才，应试落第后四处漫游，在魏王池边看见一座大宅，路人告诉他袁氏住在其中。孙恪上前叩门，却无人应答。他看见一扇侧门未锁，就走入宅内，只见庭院里有一个年轻女子，令他想起"珠初涤其月华，柳乍舍其烟媚"，恰似"兰芬灵濯，玉莹尘清"。

女子口中吟道：

> 彼见是忘忧，
>
> 此看同腐草。
>
> 青山与白云，
>
> 方展我怀抱。

然后落第秀才与美貌少女彼此生情，结为夫妻。袁氏家资富有，于是孙恪也变得阔绰起来，二人阴阳相济，婚姻美满，育有两子，一起幸福生活了许多年。后来孙恪外出旅行，遇见了一位旧友，此君成为文学博士后又研习道家法术。

孙恪讲述了一番自己如何得遇妻子，又如何生活美满。友人听罢颇为忧心，自称修道初成，观孙恪之行止，似被妖气所缠。孙恪虽然从不疑心其妻是妖，然而事实证明确实如此。这女子容貌绝丽，性情沉稳，向来遇乱不惊，"不为而成"正是无为之道的全部秘诀……一个凡人怎能成为如此圣贤？孙妻必是一个妖精，人狼或是狐仙，孙恪必须杀死她。

"如果她真是法力无边的话，我又怎能杀死她呢?"孙恪问道。

友人自有妙计，给了孙恪一把魔剑，据说由圣人在山洞中打造而成。

孙恪携剑回家，但是不敢启用。他深爱其妻，藏起了凶器，但是妻子很快发觉，当面出示并说道："我一向待你不薄，为何你想要害我性命？"

孙恪躬身谢罪，妻子原谅了他，随手折毁宝剑，如同折断小树枝一般。二人依旧生活在一起，妻子劝他重拾学业，孙恪终于金榜题名，被任命为一座边远城池的县令。他携妻带子上路赴任，在一座佛寺里投宿过夜。妻子听见晚间的猿鸣，出去观望，孙恪也跟在后面，但是他一出现，众猿立时散去。

妻子提笔写下一首诀别诗：

> 刚被恩情役此心，
> 无端变化几湮沉。
> 不如逐伴归山去，
> 长啸一声烟雾深。

她写罢掷笔，吻别二子，对着孙恪躬身一拜，撕裂衣衫，立时化为一只轻灵的猿猴。孙恪只能眼睁睁看着她跃上树梢，直至无影无踪。

在中文里，袁即是"猿"，因此中国读者或许从故事的开头便已猜到了结局。

信不信由你。或许你会说这只是个神话故事，这么说当然没错，但是看见这个美丽又神奇的女子时，我们不也会悠然遐想一番吗？高罗佩读到这个神秘女子的故事时，或许想起了自己养过的扑扑。一个是人猿，另一个则是猿人。

高罗佩喜欢与之喃喃低语的琪妮是一个快乐的小家伙，曾经在马来西亚吉隆坡的荷兰大使馆里跑来跑去，后来患了感冒。它受到爱抚和照料，但是医生认为没有起色，诊断为肺炎，并注射了抗生素，还让人用小勺喂果汁，然而它的病情不见好转，一直卧床不起，所有人都已不抱希望。

高罗佩全家正在花园里喝茶时，忽然看到琪妮拖着优雅的脚掌，一小步一小步地朝着最高一棵棕榈树走去。众人默默注视，只见它走到树下，抱着树干，痛苦地朝上攀爬。

琪妮终于爬到了离地七十英尺的高处，棕榈树在微风中轻轻摇动。它找到一个舒适的地方，用两条长臂环抱住自己小小的膝头，一边等待，一边平静地遥望着远方。

高罗佩在书中写道："这是一种令我们人类感到羡慕的高贵庄严的死亡。"

十四

我从报纸上看到高罗佩博士溘然长逝的消息，心想若是去参加他的葬礼，想必无人会提出异议。

这是一场常见的告别，有许多身穿黑色礼服的男士，看去庄严肃穆，还有安静的女士，头上戴着奇形怪状的帽子。静默不时被从某处发出的低语或哀吟打断。众人仰起的脸上显出常见的粉红肤色，有些则是带有异国色彩的深肤色。女王派来的代表是一位身穿制服的军官，其级别难以辨识，或许是一位将军？他头戴一顶镶有金穗的沉甸甸的帽子，佩着一把骑兵的长剑，面露温和矜持的笑容，令我不禁想起"最后的佩剑族"。我很高兴这位将军的莅临，因为我记得高罗佩的先祖也是将军，一位名叫高立克（Gollicke）的英国高级军官，受命越过海峡，前来指挥军队抗击共同的敌人，即占领西欧的西班牙统治者。

我理应闭起两眼——有人正在发表演讲，语速缓慢，节奏单调，令我的思绪飘浮在严肃的措辞之上，但是身体打盹的时候，洞察力有时也会加强。一个最现实的场景出现在眼前，包括高罗佩小说插图中所有的裸女，她们两手交叠，藏起双脚（这是由于在中国古代，女子的裸足不能显露出来，它们已被裹得变形，并非赏心悦目的景象）。这些美貌女子曾经徒劳地试图诱惑精明强干的狄公，不过在他的随从身上颇交好运。眼前又出现了几幅熟悉的画面，其中有性情沉静的乔泰和话多聒噪的马荣。我尴尬地顾视一旁，定睛打量狄公。只见他独自站在舞台上，身材高大，面容英俊，头戴乌纱帽，蓄着一副美髯，宽阔的双肩略显倾斜，一身锦袍发出轻微的沙沙声。马荣乔泰此时已停止调情，走上前来，分立在狄公左右两侧，身着禁军统领的全副披挂，显得威风凛凛，魁梧健壮的上身套着闪亮的锁子甲，饰有喷火的金龙纹样。陶干从阴影里走出，面露阴郁的笑容，曾经狡诈多端的江湖骗子如今已成为高高在上的朝廷书记，拥有高官厚禄，身上却仍穿着打有补丁的长袍，头戴一顶老旧的便帽。旁边那个温和谦逊的男子是谁呢？自然是老都头洪亮，也是狄公的私家谋士，态度沉静庄重，穿一件简朴的黑袍，头戴一顶小方帽。

我也看见了高罗佩博士，穿一身西服套装，马甲和长裤上沾有烟灰，一双深色眼睛从小圆镜片后面射出神秘的光芒，他不再需要这眼镜了，但仍没有摘去。他正彬彬有礼地凝神倾听，等待着官方职责的最终结束。我没有听见他小声干咳，他和狄公一样呼吸顺畅，这二人彼此匆匆鞠躬致意，是不是还互相递了一个眼色？

看，那边是扑扑和琪妮，悬在舞台上方高高的横梁上，用两条修长的手臂荡来荡去，口中喃喃低语，预备唱出欢迎的曲调。但是它们还须稍等片刻，有一位教授正在滔滔不绝地讲话，此人来自著名的莱顿大学。我相信他讲得很好，但是没能听进去，因为我正努力倾听来自远方的声音，努力想要睁开眼睛。

亨德里克斯走过来，旁边是植田上校。亨德里克斯又高又瘦，低头弓腰，沉浸在遭受酷刑折磨的记忆中，手握滴水的毡帽，穿着湿淋淋的旧雨衣。当他擦身而过时，我闻到一股杜松子酒的香气。植田则带有日本清酒的气味，两腿裹着迷彩布，扁平的鼻梁上架着一副厚眼镜，略显龅牙，长长的军刀随着瘦小的身躯不停晃动，就像是从二战宣传手册中走出的人物，但是并未引起仇恨。我感觉那绞死他的绳圈正是一扇门。"道生一，一生二，二生三，三生万物"，这一过程是如此神秘，当植田像我们所有人一样全力应对世间万物时，富士山顶永恒的白雪也将会为他而融化。《天赐之日》中的几个阿拉伯匪徒也在朝我微笑，口中默诵着经文里的诗篇，为葫芦先生和鹤衣先生让出地方，这二位自是远远超越了蒙昧凡俗的逸士高人。发言者如今都已陷入沉默，隐藏在后方的合唱队唱起了安魂曲。所有幻象渐渐消散，高罗佩对我们点头致意，然后转身缓缓走远，一扇门打开又合上——他去了哪里呢？

鲁禅师出来躬身一揖，将手中的扫帚在颜料桶里蘸了一蘸，用完美的书法在墙上写道：

> 人皆归去所来处，
>
> 风烛烟消火灭时。

两行大字在墙上闪闪发光。众人纷纷站起，对遗属表示悼慰之情。

"这并非最后的终结，"鲁禅师说道，"只是一个终结而已，微不足道，不可胜数。"

专　著

An English -Blackfoot Vocabulary Based on Material from the Southern Peigans（《英语—印第安黑足语词汇集》，与乌伦贝克合编），by C. C. Uhlenbeck and R. H. van Gulik. Verhandelingen der Koninklijke Akademie van Wetenschappen te Amsterdam，Afdeling Letterkunde，N. R.，deel XXIX，no. 4（Amsterdam；1930），263 pp. .

Urvaçī，een oud-Indisch toneelstuk van Kālidāsa，uit den oorspronkelijken tekst vertaald，en van een inleiding voorzien（《优哩婆湿》荷译本，译自古印度梵文戏剧，作者迦梨陀娑）［Urvaçī, an ancient Indian play by Kālidāsa, translated from the original Sanskrit with an introduction and text-critical notes］（The Hague，Adī Poestāka；1932），84 pp.，with vignettes by van Gulik.

A Blackfoot-English Vocabulary Based on Material from the Southern Peigans（《印第安黑足语—英语词汇集》，与乌伦贝克合编），by C. C. Uhlenbeck and R. H. van

Gulik. Verhandelingen der Koninklijke Akademie van Wetenschappen to Amsterdam, Afdeling Letterkunde, N. R., deel XXXIII, no. 2 (Amsterdam; 1934), xii + 380 pp. .

Hayagrīva, the mantrayānic aspect of horse-cult in China and Japan (《马头明王古今诸说源流考》), with an introduction on horse-cult in India and Tibet (doctoral thesis, *cum laude*) (Leyden, Brill; 1935), x + 105 pp., illustrated.

Mi Fu on Inkstones (《米芾〈砚史〉》英译本), translated from the Chinese with an introduction and notes (Peking, Henri Vetch; 1938), xii + 72 pp., ills. and map.

The Lore of the Chinese Lute; an essay in Ch'in ideology (《琴道》), Monumenta Nipponica Monographs, vol. 3 (Tokyo, Sophia University; 1940), vi + 239 pp., illustrated.

Hsi K'ang and His Poetical Essay on the Lute (《嵇康及其〈琴赋〉》), Monumenta Nipponica Monographs, vol. 4 (Tokyo, Sophia University; 1941), xvi + 91 pp., illustrated.

Ming-Mo-I-Seng-Tung-Kao-Ch'an-Shih-Chi-K'an (《明

末义僧东皋禅师集刊》）〔Collected works of the Zen Master Tung-kao, a monk who stayed loyal to the emperor during the end of the Ming〕, in Chinese, 149 pp with 3 pp in English. Printed for the author （Chungking, Commercial Press; 1944）.

Dee Goong An, ***three murder cases solved by Judge Dee*** （《狄公案》英译本，译自清代公案小说《武则天四大奇案》前三十回），an old Chinese detective novel translated from the original Chinese with an introduction and notes, iv + iv + 237 pp. . Printed for the author （Tokyo, Toppan Printing Co.; 1949）.

Ch'un-Meng-So-Yen, ***Trifling Tale of a Spring Dream*** （《春梦琐言》），a Ming erotic story, published on the basis of a manuscript preserved in Japan and introduced （Tokyo, privately printed; 1950），6 （English） + 19 （Chinese） pp. .

Pi-hsi-t'u-k'ao, ***Erotic Colour Prints of the Ming Period*** （《秘戏图考》，明代套色春宫图，附论汉代至清代的中国性生活），with an essay on Chinese sex life from the Han to the Ch'ing dynasty, B. C. 206 – A. D. 1644 （Tokyo, privately published in fifty copies; 1951），—3 volumes. I （English）: xvi + 242 pp., 22 illustrations; II （Chinese）《秘书十

种》，2＋210 pp.；III（Chinese）《花营锦阵》，4＋24 pp.，24 plates.

Ti Jen-chieh Ch'i-an（《狄仁杰奇案》，即《迷宫案》中文本）［Chinese version of The Chinese Maze Murders］. Privately printed for the author（Singapore，Nan Yang Press；1953）．

De boekillustratie in het Ming tijdperk（《明代书籍插图》）［Book Illustration in the Ming Period］（The Hague，Nederlandsche Vereeniging voor druk-en boekkunst；1955），10 pp.，11 pp. of illustrations.

Siddham（《悉昙》，论中日梵文研究史），an essay on the history of Sanskrit studies in China and Japan. Sarasvati—Vihara Series vol. 36（Nagpur，International Academy of Indian Culture；1956），234 pp..

T'ang-yin-pi-shih，***"Parallel Cases from under the Pear-tree"***（《棠阴比事》英译本，作者桂万荣），a 13th century manual of jurisprudence and detection；Sinica Leidensia vol. X（Leyden，Brill；1956），xi＋198 pp..

Chinese Pictorial Art as Viewed by the Connoisseur（《书画鉴赏汇编》）. Notes on the means and methods of traditional Chinese connoisseurship of pictorial art，based upon a study of the art of mounting scrolls in China and Japan. Serie orientale Roma, vol. 19 (Roma, Instituto Italiano per il Medio ed Estremo Oriente; 1958), 537 pp. .

Scrapbook for Chinese Collectors (《书画说铃》英译本，作者陆时化)，a Chinese treatise on scrolls and forgers, by Lu Shih-hua, translated with an introduction and notes (Beirut, Imprimerie catholique; 1958), 84 pp. + 16 pp. Chinese text.

Sexual Life in Ancient China (《中国古代房内考》)，a preliminary survey of Chinese sex and society from ca. 1500 B. C. till 1644 A. D. (Leyden, Brill; 1961), xvii + 392 pp., ills.

The Gibbon in China (《长臂猿考》)，an essay in Chinese animal lore (Leyden, Brill; 1967), 120 pp., illustrated, photographs, maps.

论 文[1]

Contributions to the school paper *Rostra*, including poetry（some in French）and the essay "Van het schoone eiland"（为中学校刊《演讲台》所写的作品，包括法语诗歌与散文《来自美丽的岛屿》）[From the beautiful isle], a reminiscence of the author's childhood on Java.

"Eenige opmerkingen omtrent de Shih Ching, het klassiekke Boek der Oden"（《诗经》评述）[Some remarks concerning the Shih-ching, the classical Book of Odes], in *China* III (Amsterdam; 1928)，pp. 133 - 147.

"'Ku Shih Yuan' —De Bron der Oude Verzen"（《古诗源》）[Ku-shih yuan, the source of ancient verse], in *China* III (1928)，pp. 243 - 269.

"De Bloeitijd der Lyriek"（抒情诗的全盛时期）[The heyday of lyrical poetry], in *China* IV（1929），pp. 129 - 143，253 - 275；*China* V (1930)，pp. 115 - 119.

"De mathematische conceptie bij de oude Chineezen"

（中国古代的算学概念）［The concept of mathematics among the ancient Chinese］, in *Euclides，Nederlandsch Tijdschrift voor Wiskunde* (Groningen；1929)．

"Chineesche wonderverhalen"（中国志怪故事）［Chinese tales of the supernatural］, in *Tijdschrift voor Parapsychologie* I (The Hague；1929)，p. 158 sq. and p. 280 sq.；II (1930)，p. 111 sq.．

" De verwerkelijking van het onwerkelijke in het Chineesche schrift"（中国文字里非现实的现实化）［The realization of the unreal in the Chinese script］, in *Elsevier's Geillustreerd Maandblad* LXXVII (Amsterdam；1929)，pp. 238 - 252，318 - 333.

"Tsj'e Pie Foe,'Het gedicht van den Rooden murr'"（《赤壁赋》）［Ch'ih-pi-fu, the poem of the Red Wall］, in *China* V (1930)，pp. 203 - 206.

*"Wang Loen"（汪伦）, in *China* V (1930)，pp. 268 - 275.

"Oostersche schimmen"（东方的灯影戏）［Oriental shadows ］, in *Elsevier's Geillustreered Maandschrift*

---

❶　加＊的条目原未收入此书英文本，皆由高罗佩之子托马斯·范古利克先生提供。

LXXXI (1931), pp. 94 – 110, 153 – 163; LXXXII (1932), pp. 230 – 247, 306 – 318, 382 – 389.

"De Wijsgeer Jang Tsjoe"（哲学家杨朱）[The philosopher Yang Chu], in *China* VI (1931), pp. 165 – 177; VII (1932), pp. 93 – 102.

* "De Kluizenaar van de Oostelijken Heuvel"（东山隐士）[The Hermit of the Eastern Hill], in *De Nieuwe Rotterdamsche Courant*, 11 July (Rotterdam; 1931).

* "Brussels Oosterse Kunst"（布鲁塞尔的东方艺术）[Brussels Oriental Arts], in *De Telegraaf*, 22 September (Amsterdam; 1931).

" En nieuwe Fransche vertaling van Chineesche gedichten"（评法译汉诗的一部新作，乔治·苏利耶·德莫朗的《中国情诗选集》）[A new French translation of Chinese poetry, a critical review of G. Soulie de Morant, *Anthologie de l'amour chinois*; Paris, 1932], in *China* VII (1932), pp. 127 – 131.

Articles on Chinese history, language and literature（为荷兰百科全书所写的关于中国历史、语言与文学的词条）in *Winkler Prins Encyclopedie*, 5th edition (Amsterdam; 1932 – 1938).

高罗佩：其人其书

"De Wijze der Vijf Wilgen"（五柳先生——论陶渊明）
［The Sage of the Five Willows—a discussion of the poet T'ao
Yuan-ming］, in *China* VIII (1933), pp. 4 - 27.

"In memoriam Henri Borel"（悼念亨利·博雷尔）, in
China VIII (1933), p. 167.

"Oude en nieuwe Chineesche oorlogszangen"（中国古今
边塞诗）［Chinese songs of war, ancient and modern］, in
Chung Hwa Hui Tsa Chih 中華會雜誌, *Orgaan van de
Chineesche Vereeniging Chung Hwa Hui*, XI (Leyden;
1933), pp. 9 - 11.

"Henri Borel, 23 Nov. 1869 - 31 Aug. 1933"（亨利·
博雷尔，1869 年 11 月 23 日—1933 年 8 月 31 日）, *idem*
XI, P. 68.

"Het Chineesche schaakspel"（中国象棋）［Chinese
chess］, *idem* XI, pp. 99 - 105.

"Weerstand bieden; uit een artikel, geteekend Chun Ti,
in de 'Shen-pao' van 21 Sept. 1933"（《干》荷译本，译自
《申报》1933 年 9 月 21 日的一篇文章，作者君惕）
［Resist; from an article in the Shen-pao of 21 Sept. 1933,
signed Chun Ti］, in *idem* XI, pp. 145 - 146.

"De krijgsman die zijm eigen zoon offert. Een oud-

Indisch verhaal, uit het Sanskrit vertaald en ingeleid"（《牺牲亲子的武士》荷译本，译自古印度梵文故事）［The warrior who sacrifices his own son. An ancient Indian tale, translated from Sanskrit and introduced］in *idem* XII（1934），pp. 26－31.

"Chinese inkstones"（中国的砚台），in *idem* XII, pp. 79－83.

"De wijsgeerige archtergrond van de schilderkunst der Soeng-periode"（宋代绘画艺术的哲学背景）［The philosophical background of the art of painting of the Sung-period］，in *idem* XII，pp. 125－134.

"Chinese literary music and its introduction into Japan"（中国雅乐及其东传日本，以此纪念武藤长藏教授），in 18th *Annals of the Nagasaki Higher Commercial School*，part I（1937－1938）published in commemoration of Prof. Chōzō Mutō（Nagasaki；1937），pp. 123－160.

"Necrologie, Simon Hartwich Schaank"（西蒙·哈特维奇·尚克讣告），in *T'oung Pao* 通報 XXXIII（1937），pp. 299－300.

"Kui-ku-tzu, the Philosopher of the Ghost Vale"（鬼谷子），in *China* XII－XIII（1938），pp. 261－272［Van Gulik's annotated translation of this text was lost during the war; he never returned to it].

"Kimmei no kenkyū" (琴铭之研究), in *Sho-en* 書苑 [a Japanese monthly devoted to calligraphy and paleography], Vol. I, No. 10 (Tokyo; 1937), pp. 10‒16.

* "Shimō-sensei no shodō ni tsukite" (古琴大师叶诗梦 先生的书法), in *Sho-en*, Vol. II, No. 6 (1938).

"On three antique lutes" (三 张 古 董 琴), in *Transactions of the Asiatic Society of Japan*, 2nd series, Vol. XVII (Tokyo; 1938), pp. 155‒191; ills.

Critical review of H. Proesent & W. Haenisch, *Bibliographie von Japan* (评 H. 普罗森特、W. 海尼士的 《日本书目》), Bd. V. (Leipzig; 1937), in *Transactions of the Asiatic Society of Japan*, 2nd series, Vol. XVII (1938).

"Kakkaron 隔 鞾 論, a Janpanese echo of the opium war" (《隔靴论》，鸦片战争在日本的反响，作者盐谷宕 阴), in *Monumenta Serica* 華裔學誌 IV (Peking; 1940), pp. 478‒545, with 2 plates.

Review of Karl Haushofer, *Geopolitik des Pazifischen Ozeans* (评卡尔·豪斯霍弗尔的《太平洋地缘政治学》), in *Monumenta Serica* V (1940), pp. 485‒486.

论文   *155*

Review of the Peking edition (1939) of J. O. P. Bland and E. Backhouse, *China under the Empress Dowager* (评濮兰德、巴恪思的《慈禧外纪》), in *Monumenta Serica* V (1940), pp. 486 - 492.

"On the seal representing the god of literature on the titlepages of old Chinese and Japanese popular editions" (中日通俗旧刻本扉页上的魁星印), in *Monumenta Nipponica* 日本文化誌叢 IV (Tokyo；1941), pp. 33 - 52.

"Dr. John C. Ferguson's 75th anniversary" (福开森博士七十五华诞贺文), in *Monumenta Serica* VI (1941), pp. 340 - 356, including a bibliography of Ferguson's works.

* "Hsi K'ang's Poetical Essay on the Lute, with Foreword by the Translator" (嵇康《琴赋》英译本并序), in *T'ien Hsia Monthly* 天下月刊 XI, No. 4 (Hongkong；1941), pp. 370 - 384.

* "The Mounted Scroll in China and Japan" (中国与日本的卷轴画), in *T'ien Hsia Monthly* XII, No. 1 (1941), pp. 33 - 54.

"Shukai-hen"❶ (《袖海编》日译本，作者汪鹏，记述

---

❶ 此则原收在本书的专著目录里，经过查证，发现实为发表在期刊《东亚论丛》上的文章，故而做此调整。

清代乾隆年间华人在长崎经商的见闻），a description of life in the Chinese factory at Nagasaki during the Ch'ien-lung period，translated from the original Chinese into Japanese，with a Japanese introduction and notes，in *Tōa ronsō* 東亜論叢（Tokyo；1941）．

* "Kakemono no kigen to sono hensen"（挂物的起源及其变迁），in *Hyōsō* 表装，No. V（Tokyo；1942）．

* "Genji monogatari wo yonde"（读《源氏物语》），in *Kikan Bungeishi Bōkyō* 季刊文藝誌望郷（Tokyo；1949），pp. 61 - 63．

* "Tōyō bunka wo saguru"（东洋文化探寻，与弗兰克•霍里、石田幹之助、鱼返善雄的谈话录），in *Yomiuri Hyōron* 讀賣評論，No. IV（Tokyo；1950），pp. 38 - 50．

* "Concubinage，one-sided notes on a many-sided subject"（纳妾：一个多面问题的一面之谈），in *Far East Fanfare*，Vol. I，No. 1（Tokyo；1950），pp. 10 - 11．

"The lore of the Chinese lute—addenda and corrigenda"（《琴道》附录及勘误表），in *Monumenta Nipponica* VII（1951），pp. 300 - 310，ills．

"Brief note on the *cheng*，the small Chinese cither"（古筝简说），in *Tōyō ongaku kenkyū* 東 洋 音 樂 研 究 9

（Tokyo；1951），pp. 10－25，ills.

* "Nitten no shodo-bu no inshō"（日展之书法印象），in *Sho-hin* 書品，Vol. XII，No. 1（Tokyo，1951）.

"The Mango Trick in China；an essay on Taoist magic"（中国的"现结芒果"术），in *Transaction of the Asiatic Society of Japan* III，3rd series（1954），pp. 117－175.

"Yin-ting und yin-ting"（银钉与银锭），in *Oriens Extremus* II（Hamburg，1955），pp. 204－205.

"A note on ink cakes"（论墨锭，评外狩素心庵的《唐墨和墨图说》），in *Monumenta Nipponica* XI（1955），pp. 84－100.

* "The Old Chinese Detective Story"（中国旧式探案小说），in *Journal of the Historical Society University of Malaya*，Vol 1，No. 1（Kuala Lumpur；1960），pp. 4－13.

* "In Memoriam Frank Hawley（1906－1961）"（纪念弗兰克·霍里），in *Monumenta Nipponica* XVI（1961），pp. 434－447.

* "Shūkan nikki"（周间日记），in *Shin-Chō* 新潮，May 29（Tokyo，1965）.

或许还有其他作品。我无法估计高罗佩著作的总数：
论文、小说、散文、随笔、文学或汉学小品文等等。一个
真正忙碌的人总能找到时间。高罗佩每到一处，总喜欢探
访藏在城中的印刷社，尤其喜爱那些会装订书籍的小店
铺。由于高罗佩总是会说当地语言，因此无论到哪里都能
成功地建立起一种彼此有益的关系，特别是因为他能够亲
自印刷和装订书籍，并熟知所有关于排版、纸张、胶水等
等的知识。通过与这些新朋友的合作，在贝鲁特、重庆、
海牙、东京甚至华盛顿都曾诞生过少量的新书。高罗佩常
会想到一个题目，然后在几天之内写出文稿，如果印刷商
愿意的话，就可以立即印出限量版。此类合同有一个条
件，即高罗佩本人可以参与其中。于是他抽着雪茄卷起衣
袖，用汉语、阿拉伯语、马来语、日语讲几个笑话，必要
时也会用荷兰语，借来一条围裙系上，仔细研究可供使用
的油墨。印刷商们自会发觉从这位助手身上也能学到不少
东西，例如一个马来西亚人，在高罗佩第一次来访之前，
除了电影票从没印过其他任何东西。这些印制了一二百本
的书或小册子绝大部分都已遗失。战争与革命四处爆发，
高罗佩被调任到各处，或是被遣返回国。曾经有好几次，
他不得不将所有个人财物抛在身后，并有两次损失了收藏
的所有艺术品和书籍。当他有机会发行自己的作品时，市

场又不是十分景气。他将自己有限的存货分赠给世界各地的亲友和同事，在圣诞或新年时作为礼物寄出。有时他还把这些书托付给当地商家代销，甚至雇佣士兵（就像在美国占领日本期间）并让他们抽取佣金。这些商业活动从未获得经济利润。

在阿姆斯特丹街头的货摊上，我偶然发现了这样一册印刷精美的小书，书名叫做《兰坊除夕》，共有 32 页，印于贝鲁特，用的是高级纸张，装订精美，字体优雅，或许出自一位在天主教印刷社里做兼职的修道士之手。插图由高罗佩本人绘制，其中有"福""寿"两个篆字❶，皆是一笔写成，正是中国人庆贺新春时的传统祝福。

蒲乐道在谈到高罗佩时，曾感叹他是一个了不起的人物，称其为从不浪费时间的光辉典范。对于我们所有人来说，如何有效地利用时间都是一个难题，然而高罗佩总能以优异的成绩通过所有考试，让我们在他的肖像前焚香祝祷吧。

---

❶ 此即九叠篆，用于印章镌刻，原是流行于宋代的官印字体，后来传入民间，逐渐演变为吉祥图案。

生平简介

1910

8月9日，出生于荷兰聚特芬，父亲威廉·雅各布斯·范古利克（Willem Jacobus van Gulik）是荷属东印度皇家军队的军医。

1915

第一次远渡重洋，与母亲和妹妹❶乘船前往爪哇。第一次世界大战仍在继续，荷兰属于中立国。父亲已先行抵达，正在爪哇第二次服役。

1916—1922

先后在泗水和巴达维亚（如今的雅加达）上小学，在学校里学习荷文，与家仆和朋友交往时学会了马来语、爪哇语，开始热爱与中国有关的一切事物。

1923—1929

随家人返回荷兰，进入奈梅亨市立高级中学，除了拉丁语、希腊语之外，还学习数学、自然科学和其他现代语言。在校刊《演讲台》上发表了一篇怀念爪哇的美丽岛屿的文章，激起了文学热情，用法语和荷语写下一些文稿。为了提高官话与粤语的口头和书面表达能力，聘请一位中国留学生作为家教。结识了著名语言学教授乌伦贝克，跟随他学习梵文和俄语，并帮助教授编纂了一本美洲印第安黑足语词汇集。

1928 年，作为一名高中生，开始向荷兰中国文化协会主办的学术期刊《中国》投稿，这些关于中国古诗的文章显示出不凡的才华与学识，因此被欣然接受。

1929—1934

进入莱顿大学（University of Leyden），学习东方殖民地法律、印度学（以当时荷属东印度文化为中心的一门学科）、中日语言与文学。[2]

1932 年，将一部梵文戏剧译成荷文并设法出版。

中国友人为他取名"高罗佩"[3]，此后一直使用。开始每天练习中国书法，并终生不辍。

1933 年[4]，用英语完成学士论文《荷属东印度华人司法地位的发展》（*The Development of the Juridical*

---

[1] 此处有误，应为姐姐。
[2] 根据《大汉学家高罗佩法》，他进入莱顿大学是 1930 年 9 月。
[3] 根据《大汉学家高罗佩传》所述，这一中文名是他在中学期间自行所取。
[4] 根据《大汉学家高罗佩传》，此处应为 1932 年 2 月。

Position of the Chinese in the Netherlands Indies）。

转入乌特勒支大学（University of Utrecht），继续学习藏语和梵文。提交硕士学位论文《米芾〈砚史〉》。

1935年，以研究佛教的论文《马头明王古今诸说源流考》获得博士学位。

1935—1942

进入荷兰外交部工作，第一次被派往驻日使馆工作。1938年，协助日本上智大学创办《日本文化志丛》（*Monumenta Nipponica*），此后担任董事会成员将近三十年。

出版了两部关于中国古琴的专著《琴道》《嵇康及其〈琴赋〉》，并收藏了许多关于中国音乐的书籍和手稿。第二次世界大战爆发后，作为同盟国外交人员撤离日本，这些藏书连同艺术品全部丧失。

1943

在东非、埃及和印度新德里短暂任职。

1943—1946

前往中国的战时首都重庆，升任荷兰驻华使馆一等秘书。弹奏古琴，并结交了许多中国文化名流。

与使馆打字员水世芳相识。水女士毕业于齐鲁大学，其父曾是前清官员。1943 年 12 月 18 日，举行了中式和西式两场婚礼，长子高惠联（Willem Robert van Gulik）于次年出生，后来还育有二子一女。

对书籍印刷和字画装裱产生兴趣。

1946—1947

返回荷兰海牙，进入外交部政务司工作。时常抽空去莱顿大学。

1947—1948

前往美国华盛顿，担任荷兰驻美使馆参赞，成为远东委员会成员。

利用美国大学的便利条件，继续研究东方文化。

1948—1951

担任荷兰驻日本军事代表处顾问。反对日本文字改革（将常用汉字减少到 1 850 个），但是并无效果。开始写作有关狄公的系列作品，首先将一部清代公案小说译成英文，命名为《狄公案》，私人印制出版，获得成功。为了自行绘制书中插图，研究明代风格的绘画艺术。为了满足读者的需求，写出第一部自创的狄公案小说《铜钟案》。此书的英文本与荷文本销售良好，他自译的中文本与日文本也是一样❶。这一系列小说最终完成了十六本。

由于用裸女图作封面可以刺激销售，出版社要求他绘制此类图画。对中国春宫画的深入研究，促成了两部专著《秘戏图考》《中国古代房内考》的写作。

1951—1953

前往印度新德里，担任荷兰驻印度使馆参赞。继续研究梵文，写出了关于中国和日本梵文典籍的重要论文《悉昙》，发表于1956年。悉昙梵文是日本密教艺术中十分流行的一种书法。

1953—1956

升任荷兰外交部中东及非洲事务司司长。为狄公案小说搜寻故事素材时，发掘出一部十三世纪的中国县令手册《棠阴比事》，将此书译注成英文并出版。

1956—1959

前往黎巴嫩贝鲁特，担任荷兰驻中东特使与全权代表。当时政治环境极不稳定，因此就任此职具有危险性，但是他很乐于在本地大学里学习阿拉伯语言和宗教。当住处遭到轰炸时，他将家人送到安全的地方，自己留在家中

---

❶ 此处有误。高罗佩先生并未将《铜钟案》自译为中文和日文，但是曾将《迷宫案》自译为中文。

继续写作，写出了《铁钉案》，原本打算作为狄公案系列的终章篇。同时写作并出版了关于中国艺术鉴赏的巨著《书画鉴赏汇编》。

1959—1962

前往吉隆坡，担任荷兰驻马来亚大使，时年49岁，同时作为教授在马来亚大学授课。对长臂猿产生兴趣，在家中饲养了几只，并搜集有关长臂猿的各种资料。

1963—1964

再次返回荷兰，升任外交部研究与文献司司长。写出了唯一一部以荷兰为背景的小说《天赐之日》，讲述一个饱受挫折的孤独男子亨德里克斯的故事，然而当他解开禅宗公案时，获得了异乎寻常的美好结局。

1965—1967

成为荷兰驻日本与韩国大使，达到外交生涯的顶峰。将全部藏书搬到东京，希望继续做学术研究，官邸里摆满了艺术收藏品，但是仍然设法为心爱的长臂猿腾出空间来。在健康急剧恶化时，完成了《长臂猿考》。怀疑自己身患肺癌，后来在海牙医院得到证实。曾对一位来访者说将会期待即将来临的一切。1967年9月24日在海牙医院离世。

译后记

《高罗佩：其人其书》是在欧美出版发行的第一部高罗佩传记，1987 年由美国丹尼斯·麦克米兰出版社（Dennis McMillan Publications）首次推出英文本，书名为 *Robert van Gulik: His Life, His Work*；1989 年由荷兰阿姆斯特丹 Loeb 出版社推出荷文本，书名为 *Robert van Gulik, Zijn Leven, Zijn Werk*；1998 年由美国纽约 Soho 出版社再次推出英文本修订版。

作者扬威廉·范德魏特灵（Janwillem van de Wetering）1931 年出生于荷兰鹿特丹，后来旅居世界各地，包括南非、日本、英国、哥伦比亚、秘鲁、澳大利亚等国，2008 年在美国缅因州去世。他用英语和荷兰语写作，一生著述颇丰，除了以两名荷兰警官为主角的系列侦探小说之外，另有《空镜》（*The Empty Mirror*）等探讨禅学的专著。

1958 年，范德魏特灵曾前往日本，在京都大德寺跟随小田雪窗（Oda Sesso, 1901—1966）学禅。由于一个偶然的机会，在大德寺的藏书室里，他首次接触到高罗佩的英译本《狄公案》，从此对这位荷兰传奇外交官、作家兼学者产生了浓厚的兴趣。其实高罗佩先生与大德寺亦有渊源，大德寺内收藏的南宋著名禅僧画家法常（号牧溪）所作的松猿、观音、竹鹤三幅立轴被视为日本的国宝，极受尊崇，曾被高公用在《长臂猿考》一书中作为插图。

值得注意的是，在范德魏特灵创作的系列侦探小说里，有一部出版于 1977 年的《日本尸体》（*The Japanese Corpse*），其中提到的荷兰驻日本大使，显然以高罗佩为原型："身材高大，头上已然谢顶，戴着一副金丝边眼镜，相貌虽然无异于常人，然而打量对方时，一对平静的绿色眸子中却隐隐闪现出睿智的光芒。"书中还着意描写了一大段发生在京都琵琶湖上的故事，或许也并非偶然。正如本书第五章所述，高公晚年时曾有一愿，希望能在比叡山中结庐定居，俯瞰着琵琶湖的美景，涤尽烦虑，终老斯乡。

范德魏特灵还写过一个广播剧剧本《狄公抚琴》（*Judge Dee Plays His Lute*），曾在德国的北德意志广播电台播放，英文本于 1997 年在美国出版发行。此剧本的内容与本书最后一章颇为相似，同样以高罗佩先生的葬礼为背景，采用超现实主义的奇幻手法，回顾了高公一生的重要创作，不同的是剧本中还加入了作者本人的学禅经历以及本书第五章、第八章中阐述禅宗教义的部分细节。

作为传记，本书颇有一些独特之处。作者并未依照常规、着力于细述传主的生平经历，而是以其作品为线索，用极富文学性的笔调，简要地勾勒出传主一生思想与研究的发展轨迹，并且刻意避开官方叙事——这一点从他遍访高公的生前友好却未接触高公家人即可看出——加上自己也曾深度研习过东方文化的某些方面，因此其审视的角度和理解的深度自是与众不同，从一个同道甚至知音的立场出发，做出了富于个性化的分析与评判，其中有不少灵光一闪的感悟，相信对于读者和研究者都不无启示。不过书中某些细节的资料来源不甚清晰，几为海内孤证，其可靠程度或许值得商榷，有待进一步的研究与核实。

本书收入的所有高罗佩照片，都曾出现在第十章提到的杂志《美成在久》1981年11月高罗佩纪念专刊中，更有趣的是第五章、第十章里两则信息有误的图片说明，在专刊里也错得一模一样。由此推测，书中的六张照片很可能正是取自这本纪念专刊。至于正文最末处的"福""寿"二字，似是出自《印香图稿》，此书是清人丁月湖所编的香篆图集，高罗佩不但收藏有一册，而且《迷宫案》

第二十三回中的"迷宫全图"就是借鉴自其中的"虚空楼阁"。

本书正文后所附的专著与论文目录，推测作者取自汉学期刊《通报》1968 年第 54 卷第 1 册何四维（A. F. P. Hulsewé）教授撰写的高罗佩传记后所附的著作目录，原因在于这两种目录中也出现了同样的细节疏漏，一是都将《秘戏图考》（*Pi-hsi t'u-k'ao*）写作《秘戏图说》（*Pi-hsi t'u-shuo*）；二是关于濮兰德、巴恪思《慈禧外纪》书评的条目，都将巴恪思的姓氏 Backhouse 误为 Blackhouse，然而在高罗佩的原文中是拼写正确的；三是关于《中日通俗旧刻本扉页上的魁星印》的条目，都在英文标题中漏印了 old 一词。另有几处明显的打字或排版错误，自忖无须注明，全都顺手改过。高罗佩先生一生勤勉，笔耕不辍，公开发表过的各类文章用英、荷、日、德等多个语种写成，曾经登载于多国报刊中，涉及的内容又相当广泛，因此意欲收录齐全，其难度自是可想而知。在此特别感谢高罗佩之子托马斯·范古利克先生热心提供的资料，其中包括以前从未见过的若干论文信息，译者在对照之后加以适当的补充和修订，希望对高罗佩研究者和爱好者会有所助益。

本书述及高罗佩先生的十几部重要作品，写作手法也较为自由随意，如果不熟悉高公著作的原文，便很难理解与追随作者的思路，翻译起来自是更加艰辛不易。幸得同道友人的热心帮助，译者方才得以完成这项工作，在此衷心致谢。一位是提供《中国的"现结芒果"术》原文的尹佩雄先生。尹先生从二十世纪七十年代后期开始关注高罗佩作品，倾力于版本收藏活动，后来与扬威廉·范德魏特灵结识，保持多年交往，不但促成了本书1998年英文修订版的顺利推出，近期又对此中译稿提出许多修订意见，尤其是关于如何领会作者独特而微妙的文字表达，如何正确解读文中出现的俚语和涉及当代西方文化的知识点，从而大大提高了细节的准确度，并令译者受教良多。另一位提供《鬼谷子》原文的荷兰学者饶抱思（Piet Rombouts）先生，也是高公作品的忠实爱好者，近年已出版《狄公案小说插图及其来源》（*Judge Dee Illustrations and Their Sources*）与新编小说集《狄公与歌妓》（*Judge Dee and the Courtesan*）。同时感谢古琴学者严晓星先生对第十章所做的勘正，以及昔日同窗徐小洁女士对书中日语相关内容的查阅与核实。

张凌

2023 年 7 月